AF199534

Ilena Grote

Die AllerFrauen

Krippenspiel mit Esel

Erzählung

Impressum

Bibliografische Information der Deutschen Nationalbibliothek:
Die Deutsche Nationalbibliothek verzeichnet diese Publikation in der Deutschen Nationalbibliografie; detaillierte bibliografische Daten sind im Internet über http://dnb.dnb.de abrufbar.

Verlag: BoD · Books on Demand GmbH, Überseering 33, 22297 Hamburg, bod@bod.de
Druck: Libri Plureos GmbH, Friedensallee 273, 22763 Hamburg
ISBN: 978-3-7494-8415-7

Die AllerFrauen

Krippenspiel mit einem Esel

24 Geschichten im Advent

von

Ilena Grote

Der Ort Nienhof, in dem diese Geschichte spielt, liegt im niedersächsischen Kreis Celle am Rande der Lüneburger Heide und gehört zu der Gemeinde Langlingen. Die Gemeinde wird geteilt durch einen Fluss, die „Aller", deren Quelle in Wanzleben - Börde, einem Ortsteil von Eggenstedt liegt und die bei Verden in die Weser mündet.

Nun mag der Leser meinen der Titel „Die AllerFrauen" ist den Frauen gewidmet, die an der Aller leben. Aber das ist nur die halbe Wahrheit.

Das Buch „Die AllerFrauen" ist eine Hommage an jene Frauen, die sich um alle und alles kümmern. Frauen, die ihre Nachbarn und Freunde kennen.

Im Gegensatz zu ihren Geschlechtsgenossinnen in der Stadt, denen vieles verwehrt ist, einfach weil sie dort meist in der Anonymität leben, nutzen die Landfrauen die Möglichkeiten, die ihnen das Dorfleben bietet. Sie grüßen jeden, dem sie begegnen, und wünschen ihm einen schönen Tag, weil sie höflich und respektvoll mit ihren Mitmenschen umgehen. Sie helfen, wo es nottut, und sie sind ihren Männern mit Witz und Klugheit immer eine kleine Nasenlänge voraus.

Der eine sagt das, was geschieht, ist vorherbestimmt. Der andere sagt, es sei Schicksal. Für den nächsten ist es Zufall.

Schlussendlich ist es egal. Denn alles hat irgendwo einen Anfang. Und diese Geschichte beginnt am

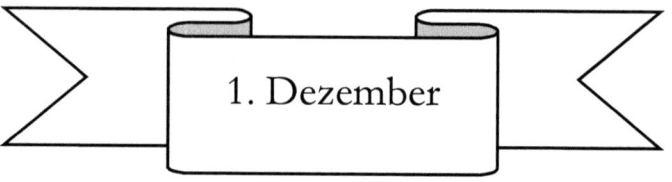

1. Dezember

Noch 24 Tage bis Weihnachten! Therese rekelte sich in ihrem Bett. *Ach wie schön ist es doch, wenn man so sanft wach werden kann,* dachte sie.

Warm und weich war das alte dicke Federbett, in das sie sich noch einmal hinein gekuschelt hatte, bevor es endgültig Zeit war aufzustehen.

In Gedanken ging sie dabei die Aufgaben durch, die sie sich für diesen Tag vorgenommen hatte. Also erstens: ausgiebig frühstücken. Ihr Mann Steffen war bereits zur Arbeit, aber Therese machte es nichts aus morgens allein zu sein. Niemand, der ihr ein Gespräch aufdrängend wollte. Sie liebte es, mit ihrer Zeitung am Frühstückstisch zu sitzen und den Tag ganz in Ruhe zu beginnen.

Früher musste sie immer zuerst den Kindern das Frühstück zubereiten, Pausenbrote in die Schultaschen packen und sie zum Bus bringen. Sie liebte ihre drei. Aber sie trauerte dieser Zeit nicht hinterher. Heute hatten sie ihre eigene Familie und der einzige, auf den Therese jetzt Rücksicht nehmen musste, war ihr Mann Steffen.

Nach dem Frühstück wollte sie zum Shoppen in die Stadt - Weihnachtsgeschenke besorgen. Was sie einkaufen wollte, das wusste Therese noch nicht. Das würde sie alles spontan entscheiden. Die erwachsenen Kinder Sebastian, Benjamin und Clara und deren Partner bekamen nur eine Kleinigkeit. Aber auch die wollte erst noch gefunden werden. Wie viel mehr Spaß machte das Einkaufen für die Enkel. Therese freute sich schon auf den Heiligen Abend, wenn sich wie jedes Jahr alle zum Festtagsessen bei ihr im Haus einfinden würden. Je länger Therese darüber nachdachte, umso mehr berauschte sie der Gedanke an dieses Zusammentreffen. Wie früher, als die eigenen Kinder noch klein waren, würde Steffen mit beiden Enkeln auf der Erde liegen um die Eisenbahn, die jedes Jahr aufgebaut wurde, wieder in Gang zu setzen. Die viele Arbeit, die für sie selber bei diesen Feiern anfiel, machte ihr nichts aus. Sie beglückte es immer sehr, wenn sich die Kinder mit ihren Familien wenigstens zu den Familienfeiern auf den teilweise sehr weiten Weg in ihr Heimatdorf Nienhof machten. Therese gluckste innerlich vor freudiger Erwartung und das Herz hüpfte ihr bei dem

Gedanken an diese hoffentlich unbeschwerte und glückliche Zeit.

Voller Euphorie sprang sie aus dem Bett, riss die Decke dabei mit sich und … landete unsanft auf dem Hintern. Autsch!

Sie schrie vor Schmerzen auf. Aaau – was war das? Der Fuß, das Bein, au au au? Tränen schossen ihr ins Gesicht. Therese saß vor ihrem Bett und befürchtete gleich, dass aus den Plänen, die sie für heute hatte, nichts werden würde.

Sie versuchte aufzustehen, aber nicht nur, dass sie nicht auftreten konnte, auch ihr Rücken und die rechte Hand, mit der sie versucht hatte, sich abzustützen, schmerzten fürchterlich. Noch einmal sammelte sie ihre Kräfte, um sich am Bett hochzuziehen, aber das Unternehmen scheiterte. Durch den Sturz und den Schmerzen wurde ihr schwindelig. Sie legte sich flach auf den Rücken, um zu verschnaufen.

Therese brauchte Hilfe, aber wo hatte sie nur das Telefon? Typisch, seitdem es nicht mehr an einer Schnur hing, lag es immer da, wo man es garantiert nicht benötigte. Wo sich ihr Handy befand, das wusste Therese. Das lag in der Handtasche und die hing auf dem Flur an der Garderobe, also auch nicht greifbar.

Therese stöhnte vor Schmerzen, während sie vorsichtig über den Boden bis zu dem Stuhl robbte, auf dem sie gestern ihre Kleidung abgelegt hatte. Noch einmal biss sie die Zähne zusammen, und so kam sie dann doch irgendwie zum Stehen. Vorsichtig richtete sie sich auf und streckte den Rücken. Gott sei Dank, da schien nichts passiert zu sein. Aber die Schmerzen, die aus ihrem linken Bein strahlten, waren fürchterlich.

Die Treppe nach unten war eine weitere Hürde, die es für sie zu meistern galt. Bis in die Küche waren dann nur noch wenige Meter zurückzulegen. Dort setzte sie sich. Das Telefon lag auf dem Esstisch. Therese dachte noch einmal nach, aber so, wie es ihr ging, würde es nichts nutzen eine Nachbarin oder Steffen anzurufen, um ihn zu bitten, mit ihr zum Arzt zu fahren. Seitdem Doktor Fuchs in Rente gegangen war, hatte es keinen anderen Arzt in den Ort verschlagen.

Aber, folgerte Therese, das hätte in ihrem Fall vermutlich sowieso keine Rolle gespielt. Bestimmt war es notwendig, das Bein zu röntgen und dazu musste sie nach Celle.

Es ärgerte sie sehr, aber sie musste in den sauren Apfel beißen und den Notruf wählen. *Na super*, dachte sie, *hoffentlich behalten sie mich nicht gleich im Krankenhaus.*

In der Hoffnung, dass sie sich geirrt hatte, und dass es nicht so schlimm um den Fuß bestellt sei, versuchte sie nochmals aufzutreten, aber der Schmerz durchzuckte sie dabei wie ein Blitz. Also nahm sie das Telefon in die Hand und wählte die Nummer.

Es hatte keine zehn Minuten gedauert bis der Krankenwagen vorgefahren war und die beiden Sanitäter sich durch die Garagentür, Eintritt verschafft hatten.

Als die zwei Männer in ihrer weißen Kleidung mit den orangefarbenen Westen vor ihr standen, errötete Therese vor Scham denn sie hatte plötzlich bemerkt, dass sie immer noch und auch nur mit einem Nachthemd bekleidet war.

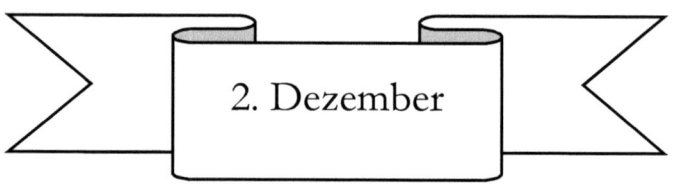

2. Dezember

Es war eine unruhige Nacht gewesen, die Therese in dem weißgetünchten Krankenzimmer hinter sich hatte.

Der Unterschenkel war tatsächlich gebrochen und lag nun bis zum Knie eingegipst auf einem Kissen. Im Gegensatz zu dem Rücken, der durch ein paar Prellungen zwar noch schmerzte, sonst aber nichts abbekommen hatte, war die Hand gestaucht und ebenfalls verbunden worden. Die Schmerzen hatten sie die halbe Nacht wach gehalten und wenn Therese dann endlich eingeschlafen war, kam die Nachtschwester herein, um bei ihr Fieber oder Blutdruck zu messen.

Den beiden anderen Patientinnen, die auf ihrem Zimmer lagen, ging es auch nicht besser. Thereses Leidensgenossinnen Merle und Kerstin hatten sie damit begrüßt, dass sie sich auch duzen könnten. Schließlich würde man hier gemeinsam auf unbestimmte Zeit festsitzen und viele Schwächen der anderen kennenlernen und miterleben müssen.

Merle war neunundzwanzig Jahre und durch einen Autounfall ins Krankenhaus gekommen. Sie hatte mehrere Schnittwunden im Gesicht und lag flach auf dem Rücken in einem Gipsbett. Ihren Humor hatte sie trotzdem nicht verloren. „Ich heiße Merle – nicht Määrle, das klingt immer wie ein Schaf"

Kerstin, die bereits ein paar Wochen im Krankenhaus verbracht hatte und schon etwas mobiler als ihre beiden Bettgenossinnen war, rümpfte die Nase. „Na? Wollen wir mal wieder witzig sein? Das kann ich heute gar nicht gebrauchen. Geschnarcht hast du letzte Nacht wie ein Walross. Ich habe kaum ein Auge zu bekommen. Es wird Zeit, dass ich endlich wieder nach Haus in mein eigenes Bett darf."

„Was willst du denn zu Haus?" Merle schüttelte den Kopf. „Da bist du ganz allein. Hier hast du wenigstens Gesellschaft."

„Ich war vor meiner Pension fünfundvierzig Jahre Lehrerin. Jetzt möchte ich meine Ruhe haben." Kerstin antwortete Merle. Aber sie ließ Therese dabei nicht aus den Augen. „Und meine Gesellschaft suche ich mir gern selber aus."

„Also, das einzigste, das mir hier nicht gefällt, ist, dass ich Weihnachten immer noch hier bin." Merle seufzte. „Sonst wäre es mir ja egal. Aber ausgerechnet Weihnachten. Dabei wäre ich so gern mit meinen Freunden in den Bergen, wenn es schneit und das Feuer im Kamin brennt. Dann gibt es Eierpunsch zu heißen Würstchen mit Kartoffelsalat. Das ist so urgemütlich", schwärmte sie. „Stattdessen liege ich hier schon seit sechs Wochen und es werden vermutlich noch sechs Wochen, weil zu Hause niemand ist, der mich pflegen kann."

„Das heißt „das einzige" – nicht „das einzigste", liebe Merle, wie oft habe ich dir das schon gesagt. Das Wort „einzigste" gibt es nicht." Kerstin schnaufte ungeduldig.

„Na gut", lenkte Merle um des lieben Friedens Willen ein. „Aber ist doch wahr. Das Jahr hat so viele Tage und das einzigste Mal (ihr Blick fiel auf Kerstin, die sie stirnrunzelnd ansah), ja ich weiß - das einzige Mal, wenn ich etwas vorhabe, ausgerechnet dann muss mir jemand ins Auto fahren ..."

Kerstin unterbrach sie wieder: „Ich denke, du hast jemandem die Vorfahrt genommen.

Also du erzählst die Geschichte auch jedes Mal anders."

„Sag mal, bin ich hier denn bei der Polizei und muss eine Aussage machen? Ist doch ganz egal, wer wem die Vorfahrt genommen hat. Fakt ist, dass ich hier liege und der andere zu Hause sitzt und Weihnachten feiern kann. Das ist doch nicht fair, oder?"

„Also mit Fairness hat das doch hier gar nichts zu tun. …" So stritten die beiden sich weiter, bis Kerstin das Zimmer verließ um sich einen Tee zu holen oder einfach nur, weil sie meinte, dass der Klügere nachgeben sollte.

Therese hatte sich aus dieser Diskussion herausgehalten. Sie selber sollte nur eine Nacht zur Beobachtung bleiben und wartete nun auf ihre Entlassungspapiere, damit sie Steffen anrufen konnte, der sie abholen wollte. Sie würde Weihnachten zu Hause verbringen dürfen. Allerdings wusste sie, dass sie das Fest anders begehen würde, als sie es gestern geplant hatte. Nur wie, das konnte sie sich nicht vorstellen. Sehnsüchtig blickte sie immer wieder zur Tür.

Es war bereits Nachmittag. Therese hatte sich ungeduldig eine der Zeitschriften geschnappt und die Geschichten über die englischen und schwedischen Königshäuser gelesen. Merle und Kerstin hielten ihren Mittagschlaf, als leise an die Tür geklopft und auch gleich geöffnet wurde.

Therese wurde ganz bleich. Sie glaubte, nicht richtig zu sehen. Herein kam Pastorin Stellmacher. Erschrocken hielt Therese sich die Hand vor den Mund.

Die Pastorin sah auf Anhieb, was in Therese vorging und winkte ab. „Alles gut, alles gut. Kein Grund zur Besorgnis", sagte sie in beruhigendem Ton. „Ich bin nur gerade auf Patientenbesuch hier und habe von ihrem Unfall gehört. Deshalb nutze ich die Gelegenheit, Ihnen etwas Beistand zu leisten. Ja ich weiß, das kommt für viele sehr überraschend. Wie kann ich nur, so ohne Anmeldung?" Frau Stellmacher grinste verschämt. „Aber so bin ich nun mal. Wie ist das denn passiert?" Sie zeigte mit dem Finger auf den Gips.

Therese erzählte, sichtlich erleichtert, wie es zu dem Beinbruch gekommen war, und beide plauderten noch eine ganze Weile miteinander. Therese stellte verwundert fest, wie interessiert Frau Stellmacher ihr zuhörte. Es war ihr schon lange nicht mehr passiert, dass sie eine derart ungeteilte Aufmerksamkeit genossen hatte. Frau Stellmacher ließ Therese aussprechen, stellte Fragen, wenn sie meinte, ihr wäre etwas entgangen und verhielt sich ihr gegenüber wie eine gute Freundin.

Als Steffen kam, um Therese abzuholen, versicherte ihr die Pastorin, dass sie Therese in den nächsten Tagen nochmals zu Hause aufsuchen wolle, um nach ihr zu sehen. Dann verabschiedeten sie sich.

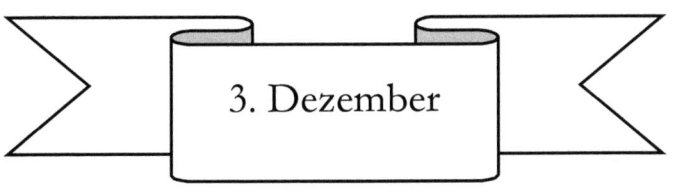

3. Dezember

Wie am Tag zuvor versprochen, kam Frau Pastorin Stellmacher um Therese zu Hause zu besuchen. Auch Luise, eine gute Bekannte, hatte sich zu einem Krankenbesuch bei ihr eingefunden. Während die drei gemeinsam eine Tasse Kaffee tranken, kam das Thema Kinder zur Sprache.

„Aber es gibt doch jetzt wieder mehr Kinder in unserem Ort. Ich hörte, dass unser Kindergarten in Langlingen wieder ausgelastet ist."

„Ja, das ist wahr", stellte die Pastorin fest. „Trotzdem haben wir dieses Jahr nicht einen einzigen Hauptkonfirmanden. Können Sie sich das vorstellen?"

„Das habe ich auch schon gehört." Luise nickte zustimmend. „Aber was wird denn dann eigentlich aus dem Krippenspiel am Heiligabend? Es war doch immer Aufgabe der Jugendlichen, die im Jahr darauf konfirmiert werden, das Krippenspiel zu gestalten."

„Das größte Problem ist, dass wir nicht darauf geachtet haben, dass es aus der

Bewerbung rauskommt. Es steht jetzt wie jedes Jahr im Gemeindebrief und im Veranstaltungskalender." Frau Stellmacher war das Ganze sichtlich peinlich.

Therese fragte entsetzt: „Fällt es jetzt aus? Das ist doch immer so schön. Also für mich ist das eine traditionelle Geschichte." Sie geriet ins Schwärmen: „Wenn ich mir das Spiel anschaue, da draußen auf dem Hof von Wieckenbergs, und wenn es dann noch anfängt zu schneien - das ist so eine schöne Stimmung. Es versetzt mich immer ein wenig in meine Kindheit zurück. Damals als Weihnachten noch so aufregend war, dass wir Nächte vorher nicht hatten schlafen können. Obwohl – damals gab es noch kein Krippenspiel unter freiem Himmel. Früher ging es in die Kirche und dort wurde die Geschichte von Christi Geburt aus der Bibel gelesen. Wie begann das eigentlich, dass es draußen aufgeführt wurde?"

„So genau weiß ich das nicht", antwortete Frau Stellmacher. „Als ich nach Langlingen kam, um meine Stelle anzutreten, da gab es das schon einige Jahre."

„Also, das kann ich Ihnen erzählen." Luise beugte sich nach vorn und stellte ihre Tasse ab. „Alles begann damit, dass die Kirche renoviert werden musste. Es hatte viel länger gedauert als geplant und schnell war absehbar, dass die Arbeiten nicht rechtzeitig zu Weihnachten fertig werden würden. Hochzeiten und Taufen wurden während dieser Zeit in die Kirche nach Bröckel verlegt. Aber auf den Gottesdienst am Heiligen Abend wollten die Gemeindemitglieder dann doch nicht verzichten. Also begann man, ihn nach draußen zu verlegen. Die Konfirmanden erhielten die Aufgabe, das Krippenspiel in Form eines kleinen Theaterstücks darzubringen. Dass dieser Ablauf über die Jahre so weitergeführt wurde, war damals noch nicht geplant. Wenn es in diesem Jahr zum ersten Mal nach fünfundzwanzig Jahren nicht stattfinden wird, ist das sehr schade."

„Aber das wird nichts. Dann gehen wir eben wieder in die Kirche. Und ich lese die Geschichte aus dem Lukasevangelium." Frau Stellmacher hatte sich im Gegensatz zu Luise anscheinend bereits mit der Tatsache abgefunden.

„Aber könnten nicht die Vorkonfirmanden …? Ich meine, das sind doch wieder einige." Luise suchte nach einer Möglichkeit.

„Und im nächsten Jahr sollen sie noch mal? Die werden mir was husten. Ganz davon abgesehen, dass sie gerade mit dem Konfaunterricht angefangen haben. Die sind noch gar nicht richtig angekommen." Frau Pastor schüttelte den Kopf. „Nein. Das wäre jetzt auch zu kurzfristig. Das kann ich ihnen nicht zumuten. Und mir auch nicht!"

„Aber", warf Therese nachdenklich ein. „Könnte das nicht die Theatertruppe übernehmen? Wenigstens ausnahmsweise?"

„Therese, die würde ich gar nicht fragen wollen. Die haben so viel mit ihrem eigenen Stück zu tun, das sie immer im Dezember aufführen." Luise kräuselte die Stirn. „Eigentlich", fügte sie etwas ärgerlich hinzu, „eigentlich müssten die Erwachsenen das Stück aufführen. Schließlich sind es ja die Alten, die daran schuld sind, dass es so wenig Kinder gibt und wir in diesem Jahr keinen einzigen Hauptkonfirmanden haben."

„Also, ich nicht, ich bin raus. Ich habe drei Kinder. Das sollte reichen." Therese lehnte sich erleichtert zurück.

„Ich habe auch drei."

„Das ist ja ein bisschen wie freikaufen", mahnte Frau Pastor Stellmacher.

„Stimmt! Wenn jeder so denkt, dann tut sich hier gar nichts. Also müssen wir wohl selber ran." Luise kramte in ihrer Tasche und holte einen Zettel und Kugelschreiber hervor.

„Was hast du vor?" Therese beobachtete sie erstaunt.

„Lass uns doch mal überlegen, wen wir fragen können, ob er mitmacht." Luise war in ihrem Element. Endlich gab es wieder etwas zu planen.

„Wie?" Therese und Frau Pastor schauten sie erstaunt an.

„Na ja, ich dachte, wir wären uns einig, dass wir das Krippenspiel selber inszenieren. Wir brauchen nur noch ein paar Freiwillige, die mitmachen."

„Ich kann doch gar nicht." Thereses Stimme klang entsetzt. Sie zeigte auf ihr Gipsbein.

Frau Stellmacher sagte: „Also ich habe an den Feiertagen sowieso genug zu tun. Da kann ich nicht auch noch ein Krippenspiel einstudieren."

Luise ließ sich nicht abbringen: „Aber sie haben doch sicherlich den Text für ein Stück parat. Das könnten Sie uns zur Verfügung stellen, nicht? Und du Therese übernimmst erst einmal das Telefonieren. Das kannst du im Sitzen erledigen."

„Mit wem sollte ich telefonieren?"

„Du könntest doch Freunde und Bekannte anrufen und fragen, ob sie mitmachen wollen."

„Iiiich?" Therese war entsetzt. „Ich weiß gar nicht, wen ich da anrufen sollte. Und was soll ich denen erzählen? Dass wir ein Krippenspiel machen wollen? Die lachen mich doch aus. Ich höre sie schon: Krippenspiel, das ist was für Kinder. - Nein, das lass mal."

„Eigentlich finde ich die Idee gar nicht schlecht. Nein- im Gegenteil, ich finde sie sogar sehr gut. Und wenn Sie genügend Mitspieler finden, dann würde ich mir auch die Zeit nehmen, das Vorhaben zu unterstützen." Die Pastorin lächelte sie aufmunternd an.

„Meinen Sie wirklich? Machen wir uns damit nicht lächerlich?" Therese blickte zweifelnd auf Frau Stellmacher.

„Das glaube ich nicht. Und – wie gesagt – es wäre auch schade, wenn in diesem Jahr kein Krippenspiel aufgeführt werden würde."

„Super, mit Ihnen sind wir schon drei. Und ich denke, wir können noch Hannes, Klaus, Sibylle und Hermann fragen. Das solltest du als Erstes tun, Therese." Luise reagierte euphorisch auf Frau Stellmachers Zustimmung.

„Nein." Fröhlich und bestimmt unterbrach Frau Stellmacher Luise. „Wenn wir schon so ein großes Projekt zusammen machen, dann müssen wir als erstes beschließen, dass wir uns ab sofort duzen. Ich heiße Charlotte", sagte sie, hielt ihre Tasse zum Anstoßen hoch und fuhr fort: „Alle sagen Lotte zu mir."

Luise hob ebenfalls ihre Tasse. Therese seufzte bei dem Gedanken an die vor ihr liegende Aufgabe und stieß schließlich mit beiden an.

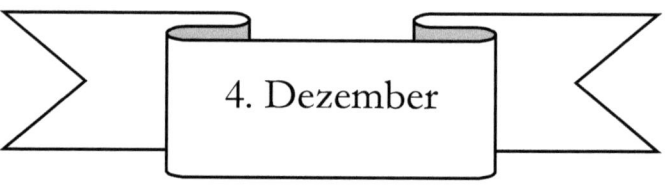

4. Dezember

Therese muss zugeben, dass es nicht so einfach war, sich mit einer Gehhilfe zwischen Badezimmer, Küche, Schlaf- und Wohnräumen hin und her zu bewegen. Die verstauchte Hand war zum Benutzen der zweiten Krücke nicht zu gebrauchen, also musste Therese sich mit einer behelfen. Dass die intakte Hand die linke war, nutzte ihr als Rechtshänderin wenig. Steffen hatte am Abend zuvor alles Mögliche hergerichtet, sodass sie einigermaßen zurechtkommen sollte, wenn er auf der Arbeit war. Aber sie hätte nie gedacht, wie schwierig es ohne ihn werden würde.

Das, von Steffen informierte, Nesthäkchen Clara hatte morgens schon aufgeregt angerufen, um sich nach dem Befinden der Mutter zu erkundigen. Therese, selber aufgewühlt, weil ihr gerade wieder etwas heruntergefallen war, an das sie nicht mehr herankam, brüllte schlimme Wörter in den Hörer, die ihre Tochter nie zuvor von ihr gehört hatte. Therese entschuldigte sich sofort bei ihr, aber Clara bemerkte den verzweifelten Klang ihrer Stimme.

„Mama, am Wochenende komme ich dich besuchen, dann sehen wir weiter", meinte Clara.

„Ach das wäre schön", Thereses Stimme klang schon etwas zuversichtlicher.

„Ja und ansonsten – ruf mich an, wenn was ist, Mama ich muss jetzt weiterarbeiten. Mein Chef kommt gerade rein. Bis dann." Clara hatte aufgelegt.

Schade, dachte Therese, *ich hätte gern noch ein wenig mit ihr telefoniert. Dass Clara aber auch so weit fortziehen musste. - So, was mache ich jetzt?*

Therese sah sich in der Küche um. Den Abwasch hatte Steffen gestern noch erledigt. *Ach, ich mache mir jetzt erst einmal einen Tee*, überlegte sie sich. *Gut, dass unsere Küche nicht groß ist, da sind die Wege nicht so weit.*

Mit der linken Hand nahm sie den Wasserkocher, setzte ihn neben der Spüle ab, ließ Wasser aus dem Hahn laufen und hielt den Kessel darunter. Dann drehte sie den Wasserhahn wieder zu und stellte den Wasserkocher an. Bis das Wasser heiß war, würde es etwas dauern also setzte sie sich auf den Stuhl und wartete.

Wie umständlich das alles ist, dachte sie. *Jeder Handgriff will überlegt sein. Gleich muss ich noch einmal aufstehen um mir Tee und Tasse zu holen und das Wasser aufzugießen. Das kostet alles so viel Kraft, das hätte ich nicht gedacht. Ach wie schön wäre es jetzt, wenn wenigstens Clara hier wäre. Die hätte mir alles anreichen können.*

Schon als Kind war Clara sehr hilfsbereit gewesen. Wenn Oma backen wollte und ihr noch eine Zutat fehlte, dann schwang sich Clara ohne zu zögern aufs Rad und holte sie. Clara musste man nicht bitten, sie hatte gesehen, wenn jemand Hilfe brauchte.

Und sie hatte bei ihren Arbeiten immer gesungen. Egal ob sie Hausaufgaben erledigte oder im Garten half. Sie hatte immer ein Lied auf den Lippen. Therese dachte daran, wie Clara schon als kleines Kind auf den Knien ihrer Großmutter gesessen und mit ihr gesungen hatte. Meistens hatte Oma angefangen mit der 1. Strophe:

Lüttje Buerdern vun dörpe
Worum büste so glatt?
Du wullt wull noe kerke
Oder wullt du noe stadt?

Und Clara musste dann antworten:
Ick will nich noo kerke,
ick will nich noe stadt.
Ick will no mien brödigam
Dorum bün ick so glatt.

Therese lachte. Clara hatte bis heute noch keinen Bräutigam. Sie hatte immer mal einen Freund oder wie sie selber sagte „Lebensabschnittsgefährten" gehabt. Und manches Mal waren das sehr eigenartige Gesellen gewesen. Einmal hatte Clara einen Freund gehabt, der Veganer war. Der musste sich an den Feiertagen von ihren Brüdern einiges gefallen lassen, als er verächtlich auf die gebratene Gans geblickt hatte. Ein anderes Mal wurde sie, ebenfalls an Weihnachten, von einem jungen Mann mit Irokesenhaarschnitt und Zungenpiercing in die Kirche begleitet. Wenn er sang, lispelte er und das Lied „es ist ein Ros`entsprungen" hörte sich an wie „ez iz ein Roz entssprungen" was wieder zur Erheiterung ihrer Brüder beitrug.
Einmal hatte Clara einen Franzosen mitgebracht. Nicht nur, dass er sehr

gebrochen deutsch sprach (isch eiße Brüno und abe eine kleine Maisonette in die Overnje) und der auch wenig von dem verstand, was sie sagten (Je n`ai pas compris. Je suis francais, tu sais?). Es fiel Brüno auch sehr schwer, sich Claras Namen zu merken, und so nannte er sie ständig Karla.

Brüno trug eine Fliege zu seinem Anzug, und einen Anzug zog er immer an - jeden Tag - nicht nur zu Weihnachten. Von ihm hatte Clara dann auch ganz schnell genug. Das tägliche Hemdenbügeln war ihr genauso gegen den Strich gegangen wie die Fernbeziehung. Also hatte sie die Affäre mit einem letzten Anruf beendet, indem sie ihn wütend wissen ließ: „Es spielt zwar überhaupt keine Rolle mehr, aber ich heiße Clara!"

Therese schmunzelte, als sie daran dachte. Lassen wir uns überraschen, wen sie in diesem Jahr mitbringt.

Therese sah gelangweilt aus dem Fenster. Sie wusste, was sie zu tun hatte, aber Lust hatte sie dazu überhaupt nicht. Eigentlich hätte sie gestern schon den ein oder anderen ihrer

Mitbürger anrufen sollen, um ihn oder sie zum Mitmachen zu animieren.

„Ach Luise", murmelte Therese vor sich hin. „Du immer mit deinen Ideen."

Sie holte tief Luft, nahm den Hörer in die Hand und wählte die erste ihr bekannte Nummer. Am anderen Ende meldete sich ihre Freundin Godula. „Godula", begann sie stockend. „Könntest du oder hättest du Zeit und Lust beim Krippenspiel mitzumachen?"

„Krippenspiel? Ich? Sag mal, trinkst du neuerdings? Wie kommst du denn da drauf." Godula konnte vor Lachen kaum noch an sich halten.

„Na ja, weil wir doch in diesem Jahr keine Hauptkonfirmanden haben, die das machen könnten."

„Ach, und da dachtest du, dass ich? Hast du Langeweile? Wie geht es dir eigentlich?"

„Nein Godula, ich habe keine Langeweile und mir geht es gut. Na ja, den Umständen entsprechend eben." Therese war ungehalten und Godula merkte, dass ihr nicht zum Scherzen zumute war. Nachdem sie sich von ihr alle Zusammenhänge ausführlich erklären lassen hatte, lehnte Godula trotzdem dankend ab. Sie hätte am Heiligabend überhaupt keine Zeit, denn sie müsse das Familienessen vorbereiten.

Auch die beiden Nachbarinnen Stefanie und Petra hatten kein Interesse, an einem derartigen Auftritt, antworteten sie entrüstet.

Den nächsten Versuch wagte sie bei Marga. Auch die sagte ihr, dass sie keine Zeit hätte, weil sie am Heiligen Abend alles vorbereiten müssen, während der Rest der Familie beim Krippenspielschauen sei.

Da wurde Therese wütend. „Hast du mich nicht verstanden Marga", brüllte sie aufgelöst in den Hörer. „Es gibt kein Krippenspiel in diesem Jahr."

„Wie? Es gibt kein Krippenspiel. Es gibt jedes Jahr ein Krippenspiel." Marga begriff das Problem nicht.

„Dieses Jahr nicht. Keine Konfirmanden – kein Krippenspiel. Außer wir übernehmen das?"

„Ach deshalb…"

„Ja deshalb!" Therese stöhnte erleichtert auf. Endlich schien Marga es kapiert zu haben.

„Ja. Da muss ich nochmal überlegen. Ich melde mich wieder." Marga hatte aufgelegt und Therese verschob erschöpft alle weiteren Anrufe auf den nächsten Tag.

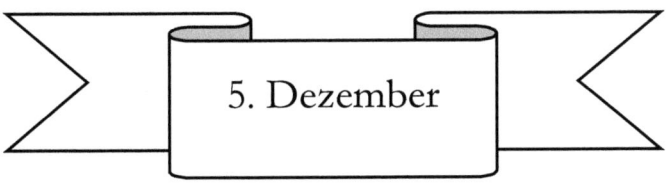

5. Dezember

Merkwürdigerweise sprach sich das von Therese, Luise und Lotte Stellmacher beabsichtigte Vorhaben nicht so schnell herum wie erhofft. Vermutlich hatte jeder, den Therese angerufen hatte, Angst, sich für seine Absage rechtfertigen zu müssen. Trotzdem hatten die Angesprochenen ein schlechtes Gewissen und so sickerte hier und da ein wenig durch.

Am Übungsabend der hiesigen Feuerwehr unterhielt man sich dann doch darüber - wenn auch hinter vorgehaltener Hand.

„Hast du schon gehört, was Luise mit unserer Pastorschen plant."

„Ja, hab` ich."

„Und was sagst du dazu?"

„Geht mich nichts an. Ich geh sowieso nur zu Hochzeiten und Beerdigungen in die Kirche."

„Auch nicht zu Weihnachten?"

„Nein, da muss ich ja zu Haus aufpassen und den Weihnachtsmann reinlassen, verstehste?"

Damit war das Gespräch zwischen Kurt und Henning, die gerade die Wasserschläuche aufrollten, beendet.

Aber auch bei den anderen Männern wurde das Thema diskutiert.

„Das Krippenspiel mit Erwachsenen aufzuführen. Da hat Luise ja wieder eine tolle Idee." Norbert rümpfte die Nase.

„Gestern habe ich noch zu meiner Ulla gesagt, wie schön das dieses Jahr wird. Wir können uns an Weihnachten einfach mal zurücklehnen und gar nichts machen – jetzt wo auch unsere Jüngste ausgezogen ist", meinte Hans. „Da werde ich mich nicht mit so etwas belasten. Oder wie siehst du das Karl?"

Karl, der gerade seine Stiefel auszog, schaute kurz auf und knurrte: „Lass` mich damit bloß in Ruhe. Ich hatte schon Spaß zu Haus, weil meine Elfriede meinte, ich hätte Zeit und könnte dabei doch mitmachen."

„Na ja" mischte sich Mark ein. „Aber wenn es doch in diesem Jahr keine Konfirmanden gibt, die das übernehmen können? Es wäre schade, wenn das Krippenspiel ausfiele. Und wenn es einmal ausfällt, dann wird es in Zukunft schwer, es wieder in Gang zu bringen."

„Ach was! Dann gibt es was anderes." Karl schüttelte energisch den Kopf. „Ich habe genug mit meinem Viehzeug zu tun. Wenn ich Theaterspielen wollte, dann wäre ich in die Laienspielgruppe eingetreten. Bin ich aber nicht. Also, was sagt euch das?"

Er sah in die Runde. Eigentlich hatte er Applaus erwartet. Der kam aber nicht. Stattdessen bot ihm Adrian Paroli: „Nun mach man nicht so einen Wirbel wegen deiner paar Viecher. Die zwei Kühe und fünf Schafe, die du noch hast, das könntest du doch locker schaffen."

„Und die Hühner und der Garten?" Karl reagierte schroff auf Adrians Bemerkung.

Nun mischte Mark sich wieder ein: „Jetzt ist es aber mal gut, Karl. Im Garten gibt ´s jetzt im Winter doch nichts mehr zu tun. So wie ich deine Elfriede kenne, hat sie das Laub schon beiseitegeschafft und die Beete sind auch umgegraben. Und über die Arbeit, die Hühner machen, brauchen wir uns nicht zu unterhalten. Wenn du keine Lust hast, an dem Krippenspiel teilzunehmen, dann ist das so. Du brauchst dafür keine Ausreden."

Kaum hatte er ausgesprochen, ging die Tür auf und Luise trat herein. Verwundert sahen die Feuerwehrmitglieder sie an.

„Hast du dich verlaufen?" Verlegen rieb sich Karl das Kinn. Ahnte er doch, was nun folgen würde.

Mit einem „Guten Abend Luise", wurde sie von den anderen erstaunt begrüßt.

Sofie, die gerade aus dem Umkleideraum der Damen kam, nickte ihr zur Begrüßung zu.

Das Prinzesschen ist auch da, dachte Luise bei sich und schmunzelte. Den Spitznamen „Prinzesschen" hatte Sofie erhalten, weil sie als einzige Frau in der hiesigen Feuerwehr ihren Dienst tat und deswegen von den Männern immer etwas belächelt wurde. Dabei war sie alles andere als eine Prinzessin. Sie hatte eine kernige Art an sich und brachte die Männer schon mal mit ihrer kräftigen Ausdrucksweise in Verlegenheit. Außerdem legte sie kaum Wert auf ihr Äußeres. Ihre langen braunen Haare waren zum Zopf zusammengebunden und Schminke kannte sie nicht. Statt Bluse trug sie immer ein derbes kariertes Hemd zu ihren alten abgewetzten Jeans. Mit ihrer forschen Art hatte sie sich in dem von Männern dominierten Verein behauptet.

„Also", begann Luise. „Wie ihr sicherlich schon gehört habt, haben wir für die Aufführung des Krippenspiels in diesem Jahr keine Konfirmanden. Deshalb bin ich auf der Suche nach Mitspielern. Wir benötigen etwa zehn bis fünfzehn Personen dafür. Wer hat Lust? Freiwillige vor?"

Schweigend sahen alle Anwesenden betreten auf den Fußboden.

„Oh, nicht alle auf einmal", sagte Luise mit sarkastischem Ton.

Es traute sich immer noch niemand, sich zu bewegen oder etwas zu äußern.

„Ich mach mit!" Sofie meldete sich. „Dass du es aber gleich weißt: ich spiele nicht die Maria."

Die anderen drucksten weiterhin herum.

Plötzlich begann Henning: „Also ich bin ja Weihnachten nicht da. Silke und ich fahren ja nach Malle. Aber wieso machst du nicht mit Mark?"

„Tja, warum eigentlich nicht? Eine kleine Rolle könnte ich wohl übernehmen, Luise."

„Prima, da hätten wir ja schon zwei Kandidaten." Luise strahlte. „Und du Karl?"

„Ich nicht. Muss mich um meine Tiere kümmern", antwortete er.

„Na los", drängelte Luise die übrigen Anwesenden. „Ach kommt schon. Das ist doch mal was anderes, als immer nur auf dem Sofa zu sitzen."

„Nur auf dem Sofa sitzen würde ich gern mal", schnaufte Kurt. „Es gibt Menschen, die müssen auch noch arbeiten."

„Das bisschen Text kennst du doch wohl. Ist doch immer derselbe." Adrian stand auf, hielt seinen linken Arm in die Höhe, fasste sich mit der rechten Hand an die Brust, räusperte sich kurz und rezitierte dann theatralisch:

„Es begab sich aber zu der Zeit, dass ein Gebot von dem Kaiser Augustus ausging, dass alle Welt geschätzt würde. Und diese Schätzung war die allererste und geschah zu der Zeit, da Cyrenius Landpfleger von Syrien war. Und jedermann ging, dass er sich schätzen ließe, ein jeglicher in seine Stadt. Da machte sich auch auf Joseph aus Galiläa, aus der Stadt Nazareth, in das jüdische Land zur Stadt Davids, die da heißt Bethlehem, darum dass er von dem Hause und Geschlechte Davids war, auf dass er sich schätzen ließe mit Maria, seinem vertrauten Weibe, die ward schwanger."

Adrian ließ seine Arme wieder fallen und blickte in die ungläubigen Gesichter seiner Feuerwehrkollegen, die ihn staunend anstarrten, als wäre er das siebte Weltwunder.

Dann sagte er beiläufig zu Kurt: „Du könntest dir den Text ja in die Hand schreiben", und setzte sich wieder.

Während er sich die Schnürsenkel seiner Schuhe zuband, herrschte immer noch Stille in dem Raum. Adrian sah auf, blickte in die sprachlosen Mienen seiner Kameraden und fragte: „Was ist?"

Plötzlich brach ein großes Gelächter unter den Zuhörern aus. Alle klatschten und Luise rief: „Du, Adrian, du machst den Erzähler."

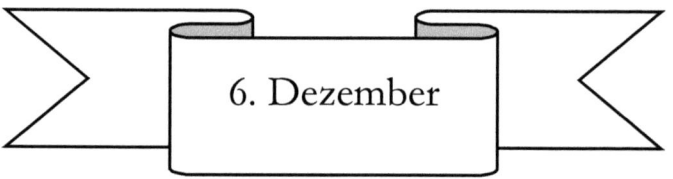

6. Dezember

Steffen war es gelungen, für die nächsten Wochen eine Haushaltshilfe für Therese zu besorgen. Kristina war vor Jahren gemeinsam mit ihrem Mann aus Russland gekommen und lebte schon lange in dem kleinen Dorf an der Aller. Trotzdem hatten die beiden Familien bislang kaum miteinander gesprochen. Als Steffen bei der Krankenkasse nach einer Haushaltshilfe gefragt hatte, wurde sie ihm empfohlen.

Während Kristina ihr beim Anziehen half, fiel Thereses Blick auf den Kalender. „Heute ist Nikolaustag", sagte sie und wehmütig fuhr sie fort: „Das hätte ich fast vergessen. Früher wäre ich schon längst auf den Beinen gewesen um die Stiefel der Kinder mit Schokolade, Nüssen und Mandarinen zu füllen. Aber jetzt wo sie groß sind, ist das nicht mehr so wichtig." Sie stützte sich mit der gesunden Hand auf Kristina ab. „In meinem Zustand wäre das alles auch gar nicht möglich gewesen. Ich habe noch nicht einmal die Weihnachtsgeschenke für die Kinder besorgt. Ach dieser blöde Unfall hat all meine Pläne zunichtegemacht."

Kristina schnaufte verächtlich: „Ach ihr immer mit der ständigen Schenkerei. Immer muss etwas gekauft, verpackt und mitgebracht werden. Und immer muss alles teuer sein. Will ich dir erzählen: Weißt du euer heiliger Nikolaus kommt eigentlich aus Russland. Er ist Schutzpatron für Seefahrer, Reisende und Gefangene und hatte mit Süßigkeiten nichts zu tun. Für diese Aufgabe gibt es in Russland die Babuschka.

Therese unterbrach sie: „Babuschka heißt doch Großmutter, oder?"

„Nein, ist sich nicht nur Großmutter", sagte Kristina bestimmt. „Ist gute alte Frau. Es heißt, sie wollte die Heiligen Drei Könige auf ihrer Reise zum Jesuskind nicht begleiten, weil sie wollte erst die Hausarbeit fertig machen. Aber Könige hatten keine Zeit zu warten und Babuschka lief ihnen später nach mit Geschenke für Jesuskind. Aber fand sie nicht mehr. Heute erzählt man sich, wenn es Winter ist, geht eine alte Frau durch die Straßen und wenn Kinder finden am anderen Tag ein kleines Geschenk vor die Tür, nur eine Zuckerstange oder ein einfaches Spielzeug, dann Babuschka war da gewesen."

Therese hatte gebannt zugehört. Was für eine schöne Geschichte, dachte sie. In diesem Moment klingelte es an der Tür.

Luise stand mit Schirm und einer großen Tüte voller Kekse bewaffnet auf den Stufen zum Haus.

„Ach", sagte sie überrascht und zeigte auf Kristina. „Und ich hatte schon einen Plan, wie wir dich hier unterstützen können bis du wieder beinig bist." Sie grinste Therese an. „Aber wie ich sehe, hast du bereits Hilfe."

„Das ist aber nett, dass du dir darüber Gedanken gemacht hast, Luise." Therese war richtig gerührt von so viel Anteilnahme. „Ihr kennt euch doch?" Sie blickte von Luise zu Kristina. „Kristina wohnt gleich neben Pückers."

Luise und Kristina zuckten beide mit den Schultern. Vielleicht hatten sie sich schon mal gesehen, aber darüber hinaus hatten sie noch keinen Kontakt gehabt. In diesem Moment schellte es wieder und Kristina ging zur Haustür, um zu öffnen. Neugierig lauschte Therese, wer das sein konnte. Aber sie brauchte nicht lange zu warten, da betrat ihr Sohn Sebastian, bewaffnet mit zwei Koffern, den Raum.

„Mama, was ist denn los? Wieso ist diese Frau hier?" Sebastian zeigte auf Kristina und sah verstört auf Therese. Da bemerkte er ihr eingegipstes Bein. „Was hast du denn gemacht?" Besorgt verzog er sein Gesicht.

„Nun beruhige dich erst einmal. Kristina bringst du bitte noch eine Tasse? Also ich bin gestürzt und Kristina hilft mir deshalb für die Zeit im Haushalt. Das ist auch schon alles."

„Wie ist das denn passiert?" Sebastian gab sich mit ihrer Aussage nicht zufrieden. Als Beamter wollte er es genau wissen. Das brachte sein Beruf so mit sich.

Therese erzählte ihm ausführlich von ihrem Missgeschick. Als sie geendet hatte, sagte Sebastian vorwurfsvoll: „Du hättest uns ja wenigstens mal benachrichtigen können. Clara und Benjamin wissen doch bestimmt Bescheid. Nur ich wurde mal wieder nicht informiert. Ist doch typisch."

„Moment mal", antwortete Therese. „Ich habe niemanden informiert. Dazu war ich viel zu müde und erschöpft. Außerdem ist es ja so schlimm auch nicht. Und ihr seid alle so weit weg. Ihr hättet euch nur unnötig Sorgen gemacht."

„Unnötige Sorgen? Hast du mal in den Spiegel geschaut? Du sitzt dort wie ein Häufchen Elend in deinem Sessel, bist ganz blass, hast die Hand verbunden und das Bein eingegipst? Wann dürfen wir uns denn sonst Sorgen machen", fragte er sie. „Aber jetzt bin ich ja hier!" Er betonte das Wort „jetzt" als wäre er ihr Retter. „Jetzt", so fuhr er fort, „jetzt kann ich dir helfen."

„Aber du musst doch arbeiten", erinnerte ihn seine Mutter. „Und heute Abend ist Papa auch wieder hier."

„Ich muss nicht arbeiten. Ich habe mir Urlaub genommen", entgegnete Sebastian sofort.

„Urlaub?" Therese sah in durchdringend an. „Du hast dir Urlaub genommen und wo sind Lilly und der Kleine? Warum bist du überhaupt hier? Wenn du gar nicht wusstest, dass ich den Unfall hatte, kann das ja wohl nicht der Grund für dein Kommen sein, oder?"

„Ich wollte dich mal besuchen!" Kleinlaut sah Sebastian zu Luise hinüber. Die hatte ein feines Gespür dafür, dass es ihm unangenehm war, dass sie zuhörte, und sie verabschiedete sich.

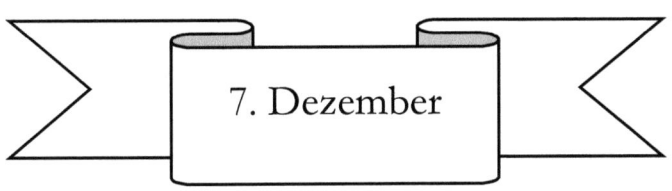

7. Dezember

Es war wieder einer dieser Wintertage, an denen es besser gewesen wäre, wenn man gar nicht erst das Bett verlassen hätte. In dem kleinen niedersächsischen Dorf in dem Therese lebte, hatte es die Nacht über gestürmt und der Regen hatte die Gärten und Wege in matschige Flächen verwandelt. Eigentlich hatte Therese sich gerade für heute vorgenommen, endlich mal das Haus zu verlassen und ein paar Minuten an der frischen Luft zu verbringen. Sie hatte es bitternötig, sich den Wind um die Nase wehen zu lassen, denn die Stimmung war alles andere als gut.

Bevor Steffen nach Haus gekommen war, hatte Sebastian ihr gebeichtet, dass er und Lilly sich eine Auszeit genommen hatten. „Beziehungspause", hatte er gesagt. Das war auch der Grund für seinen überraschenden Besuch, denn so schnell hatte er nicht gewusst, wo er nächtigen sollte.

Der Streit, den Sebastian am Abend mit seinem Vater gehabt hatte, hatte dazu geführt, dass Therese sich die halbe Nacht wach um die Ohren geschlagen hatte.

Nachdem sie nicht mehr wusste, wie sie sich drehen sollte, war sie aufgestanden. Sie hatte die restlichen Stunden bis zum Morgen grübelnd im kalten Wohnzimmer in einem Sessel sitzend zugebracht.

Als Kristina ankam und sie dort vorfand, schlug sie sich bei dem Anblick vor Entsetzen die Hände vor das Gesicht. „Herrjeohje, was machst du hier?" Kristina hatte Therese von Beginn an geduzt und Therese hatte das nichts weiter ausgemacht. „Bist du hier geschlafen? Das ist nicht gut", sagte sie. Dabei zog sie Therese von ihrem Sessel hoch und fasste ihr energisch unter die Arme. „Komm gehen wir erst einmal ein wenig waschen. Und dann ziehen wir uns an. Du armes Menschenskind, du. Bist frisch, dann geht es uns gleich besser."

Nachdem Kristina und Therese soweit fertig waren, deckte Kristina den Frühstückstisch und beide nahmen daran Platz um zu frühstücken. Therese hatte, immer noch schweigsam, alles mit sich machen lassen.

„Trinken wir erst einmal Kaffee", meinte Kristina. „Ach, bevor man keinen Kaffee nicht hatte, ist man doch nur ein halber

Mensch, nicht wahr? Komm", sie schob Therese den Korb mit den warmen Brötchen, die sie mitgebracht hatte, zu. „Nu iss was. Damit du wieder Kraft kriegst, musst du essen. Essen ist wichtig. Gut essen ist noch wichtiger, weißt du?" Kristina plapperte munter vor sich hin. Als sie merkte, dass von Therese keine Antwort kam, fragte sie sie vorsichtig: „Hast du Schmerzen?"

„Nein Kristina, ich habe keine Schmerzen. Ich bin nur müde, so müde!" Plötzlich brach Therese in Tränen aus. „Ach es ist doch so schrecklich. Erst mein Unfall. Dann verlässt unser Sohn seine Familie, nur weil es gerade nicht so läuft, wie er sich das vorstellt. Und das alles zu Weihnachten."

Kristina tätschelte ihr beruhigend auf den Arm.

„Ist doch gar nicht so schlimm. Deine Wunden verheilen, dein Sohn kriegt sich wieder ein und Weihnachten ist nächstes Jahr wieder."

„Ach Kristina, was habe ich nur falsch gemacht."

„Hast du gar nichts falsch gemacht!" Kristina antwortete bestimmt. „Ist doch nicht deine Schuld. Unfälle passieren. Dein Sohn ist erwachsen und muss wissen, was er macht."

„Aber was wird denn jetzt, wenn er sich wirklich trennt. Dann sehe ich meinen Enkel gar nicht mehr. Jetzt ist es schon selten genug, dass er mal zu uns kommt, aber dann? Unser Sebastian ist aber auch ein Egoist. Es läuft nicht so, hat er gesagt. Er will sich selber finden, hat er gesagt. Na dann Prost", Therese hatte sich in Rage geredet. „Der konnte früher schon keine Ordnung halten und seine eigenen Sachen finden. Immer hat er nach Mama gerufen. Mama, wo ist dies, wo ist das, hieß es immer. Vermutlich soll ich ihm bei seiner Selbstfindung auch noch helfen."

Bei der Vorstellung mussten sie beide lachen.

„Ach Kristina", sagte Therese sichtlich erleichtert. „Darüber zu Sprechen hat sehr gutgetan. Aber jetzt muss ich dringend auf die Toilette."

Kristina sprang auf, um ihr zu helfen. Aber Therese winkte ab. „Das schaffe ich schon alleine. Es ist ja nicht so weit", sagte sie, drehte sich um und übersah die Koffer, die ihr Sohn achtlos im Weg hatte stehen lassen.

Im Fallen schrie sie laut: „Sebastian!! !"

Dieses Mal brauchten die Sanitäter nicht den Eingang durch die Garage zu nehmen, sondern konnten das Haus direkt durch die Eingangstür betreten.

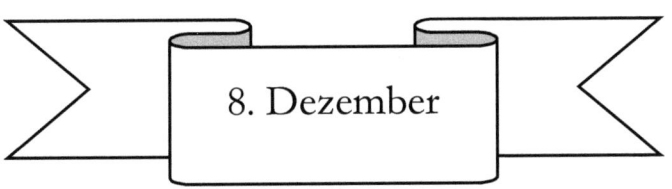

8. Dezember

Sie hatte das gleiche Zimmer wie bei ihrem ersten Aufenthalt im Krankenhaus. Die Schwestern begrüßten sie auf dem Flur und fragten, ob Therese es ohne die nicht aushalten würde. Steffen war noch am Abend bei ihr gewesen.

„Wolltest du jetzt jede Nacht abwechselnd hier oder bei uns zu Hause schlafen? Wie kann man nur so unvorsichtig sein? Du wusstest, dass du dich nicht gut auf einem Bein halten kannst. Soll ich dir nun noch einen Rollstuhl besorgen?" Vorwurfsvoll sah er auf Therese, deren Gips erneuert worden war und die an der Brust bandagiert im Bett lag.

„Das wäre ja vielleicht nicht schlecht. Da hättest du auch mal eher drauf kommen können", antwortete Therese. „Reg` dich nicht auf! In ein bis zwei Tagen bin ich wieder zu Hause. Autsch!" Therese fasste sich an die Brust. Bei dem Sturz hatte sie sich abermals die Rippen geprellt.

„Tut es sehr weh?" Steffen sah sie mitleidig an.

„Ein wenig." Therese genoss die ungeteilte Aufmerksamkeit ihres Mannes. „Kommst du klar mit Sebastian?", fragte sie besorgt. „Du solltest mal vernünftig mit ihm reden. Nicht so wie gestern. Du kannst ihn nicht mehr wie ein Kind behandeln. Schließlich ist er schon über dreißig."

„Eben deshalb sollte er auch Verantwortung zeigen und nicht weglaufen, wenn es mal schwierig wird", antwortete Steffen verärgert. Er schüttelte den Kopf. „Dreißig Jahre ist er und wenn es kompliziert wird, dann läuft er immer noch zu Mutti."

Therese wollte ihm widersprechen, aber ihr fehlte die Kraft. Die Medikamente zeigten ihre Wirkung und sie wurde schläfrig. Steffen verabschiedete sich.

Am nächsten Tag hatte auch Merle Besuch bekommen.

Ihre Mutter saß zeternd an ihrem Bett. Sie hatte sich nicht einmal die Zeit genommen, den Mantel auszuziehen:

„Also dein Auto ist jedenfalls nicht mehr zu retten, aber ich habe ja immer gesagt, dass es für dich noch zu früh sei, allein zu fahren.

Du hättest wirklich noch ein paar Wochen neben deinem Vater sitzen und ihm dabei zusehen können. Aber nein, das Fräulein musste ja ihren Willen kriegen und jetzt? Jetzt liegst du hier, wer weiß wie lange noch und ich kann sehen, wie ich das alles regeln kann. Das mit deinem Auto und der Versicherung und dem Krankenhaus und so weiter und so weiter. Ich weiß gar nicht, wo das mal endet. Kind, du und dein Vater, ihr bringt mich noch ins Grab. Und dann erzählst du mir nicht mal, wie das alles passiert ist."

„Mama", faucht Merle ihre Mutter an. „Du brauchst gar nichts regeln. Ich mach das dann schon."

„Du? Wie willst du denn was klären, so wie du hier liegst? Du wirst doch die nächsten Wochen auch noch nicht aufstehen dürfen."

„Das mach` ich schon. Die Polizei war auch schon hier."

„Die Polizei?" Merles Mutter war sichtlich erschrocken und begann zu flüstern: „Wieso das denn? Was hast du denn mit der Polizei zu schaffen. Es ist doch nichts passiert."

Vorsichtig drehte sie sich den beiden Zimmergenossinnen zu, um zu sehen, ob sie das Gespräch verfolgten. Aber sowohl Kerstin als auch Therese taten, als wären sie in ihre Zeitschriften vertieft.

„Da sieht man mal, dass du überhaupt keine Ahnung hast, Mutter. Wenn man einen Unfall hat, dann kommt nun einmal die Polizei. Das solltest du wissen, auch wenn du keinen Führerschein hast. Und Mutter, ich glaube, es ist besser, wenn du jetzt gehst. Ich muss mich ausruhen." Merle war so wütend geworden, dass sie am liebsten etwas gegen die Wand geworfen hätte.

„Ausruhen, du? Wovon denn das? Du liegst doch den ganzen Tag nur herum. Wenn ich das sagen würde. Aber, naja, dir war ja alles immer zu schwer oder zu viel. Dann ruh` du dich man aus. Ich wüsste nur zu gern wovon." Wiederholte sie nochmals und verschwand.

„Puh", stöhnten Kerstin und Therese gleichzeitig und sahen zu Merle hinüber. „Was war das denn? Ist die immer so?"

„Ja- immer", erwiderte Merle kurz und drehte ihr Gesicht traurig auf die Seite mit Blick zur Wand.

Therese schaute zu Kerstin und beide nickten sich zu. Sie waren sich einig darüber, dass sie Merle erst einmal in Ruhe lassen sollten.

Was ist das für eine Mutter, die ihr Kind, das mit solch schlimmen Verletzungen vor ihr liegt, dermaßen mit Vorwürfen überhäuft, dachte Therese bei sich.

Sie verspürte ein überwältigendes Mitgefühl mit Merle und hätte sie gern in den Arm genommen, aber sie konnte sich selber kaum bewegen. Wegen ihres Beines war an Aufstehen sowieso nicht zu denken. Wenn ihr wenigstens ein Wort des Trostes einfallen würde. Aber alles was sie sagte, war: „ Seine Mutter kann man sich nicht aussuchen."

Sie sah Merle, wie sie mit den Schultern zuckte.

Die Stimmung war immer noch sehr bedrückt als gegen Abend die Nachtschwester kam, um zu fragen, wer noch ein Medikament für die Nacht bräuchte. Merle signalisierte ein „Ja" indem sie den Arm hochhielt. Therese fragte nach, um was für Medikamente es ginge. Die Nachtschwester antwortete ihr, dass es sich dabei um ein Schmerzmittel handelte, welches auch ein leichtes Schlafmittel enthalten würde.

Therese nahm die Schlaftablette vorbeugend an sich. Die vergangene Nacht hatte sie zwar schmerzfrei verbracht, aber sie vermutete, dass das noch die Wirkung auf die Betäubungsspritze war. Sie legte das Medikament sorgfältig auf ihrem Nachttisch neben dem Wasserglas ab.

Als sie am nächsten Morgen erwachte, war die Tablette weg. Therese konnte sich nicht daran erinnern, sie genommen zu haben.

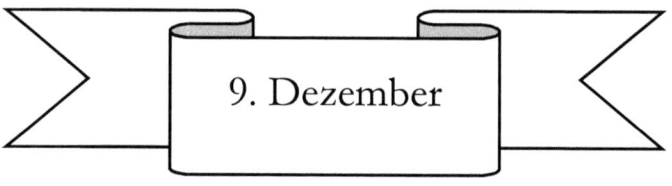

9. Dezember

„Ich glaub´s ja nicht.“ Merle sah, wie Therese ohne Krücken aus dem Bad stolperte und auf einem Bein hüpfend versuchte ihr Krankenbett zu erreichen. „Sag` mal, du riskierst ja schon wieder, dass du fällst. Willst du hier denn gar nicht mehr raus?“

In dem Moment kam Kerstin ins Zimmer. Sie erstarrte, als sie Therese wie ein Flamingo auf einem Bein stehen sah. „Das gibt es doch nicht. Meinst du, dass du es zu Hause ohne uns nicht aushältst?“

„Ja, Ja“, antwortete Therese und ließ sich auf ihr Bett fallen. „Wer den Schaden hat, braucht für den Spott nicht zu sorgen. Aber ich sehe“, sie zeigte auf Merle deren Kopfteil nicht mehr wie beim letzten Besuch noch flach, sondern dieses Mal angewinkelt war, sodass Merle ziemlich aufrecht im Bett saß. „Ich sehe, dass es dir auch schon etwas besser geht. Darfst du auch wieder aufstehen?“

„Natürlich nicht!“ Kerstin nahm Merle die Antwort ab. „Tut sie aber trotzdem.“

„Mach ich gar nicht", entgegnete Merle trotzig. „Das sagt sie nur, weil sie ihre Tablette letzte Nacht verlegt hat, und nun meint sie, ich hätte sie genommen."

„Hast du ja auch. Oder willst du behaupten, ich hätte geträumt, dass du hier herumgeschlichen bist und meinen Nachtschrank durchsucht hast und dabei mein Wasserglas herunter geworfen hast. Dein Nachthemd war am nächsten Morgen immer noch nass."

„Puh" Merle winkte ab. „Und Sherlock? Was hätte ich damit machen sollen, mit einer Schlaftablette? He? Weißt du nicht, nicht wahr. Ach egal!" Merle nahm ihre Kopfhörer, steckte sie sie sich in die Ohren und drehte die Musik laut auf. Dann wandte sie sich zur Seite.

„Hat sich ja nichts geändert zwischen euch", bemerkte Therese.

„Warum? Sollte es? Diese kleinen Streitereien sind für mich hier überlebenswichtig. Sonst würde ich es keine Minute mehr aushalten. Es ist sterbenslangweilig hier. Am liebsten würde ich die Schwester alle paar Minuten anklingeln, nur damit hier ein wenig Bewegung ist. Was bin ich froh, wenn ich diese weiß gestrichenen Wände nicht mehr sehen muss."

„Kommt dich denn niemand besuchen?" Therese hatte Mitleid mit Kerstin.

„Nein. Ich brauche auch keinen Besuch!" Kerstin reagierte schnippisch auf Theresas Frage. „Warum sollte jemand freiwillig in ein Krankenhaus gehen, wenn er nicht unbedingt muss."

„Weil man sich um denjenigen, der dort ist, sorgt?" Therese war fassungslos. *Diese Frau war mal Lehrerin gewesen*, dachte sie. *Wieso war sie dermaßen gefühllos?*

„Ich glaube, da erwartest du zu viel von den Menschen." Kerstin nahm ihre Zeitschrift in die Hand, meinte aber, dass sie noch einen Satz hinzufügen musste. „In deinem Alter solltest du bereits mehr Lebenserfahrung haben und wissen, dass man nichts ohne Gegenleistung bekommt."

„Es würde mich ja interessieren, was man dir angetan hat, dass du so bist", fragte Therese nach.

„Wie bin ich denn", schnaufte Luise.

„Du klingst so, so… verbittert." Therese duckte sich, weil sie ahnte, dass Kerstin sich diesen Vorwurf nicht bieten ließ. Sie vermutete, dass sie zum Gegenschlag ansetzen würde. Und damit sollte sie recht haben.

Kerstin entgegnete entrüstet: „Was heißt denn hier verbittert? Ich sage nur, wie es ist. Dafür, dass jemand mit mir Mitleid hat, kann ich mir auch nichts kaufen. Ich habe mal einem guten Freund aus der Patsche geholfen, weil er mir sehr leidtat. Aber als ich seine Hilfe brauchte, hatte er keine Zeit. Ich bleibe dabei: Wenn mir keiner sein Mitgefühl entgegenbringt, dann bin ich auch niemandem etwas schuldig, also – alles gut, oder?"

Von Kerstin unbeobachtet, stieß Therese mutwillig ihr Buch vom Nachtschrank auf den Boden. „Oh", tat sie erschrocken, „so ein Pech, da komm ich nicht ran. Kannst du es mir bitte mal aufheben?" Sie sah Kerstin unschuldig in die Augen.

Kerstin bückte sich, hob Thereses Lektüre auf und reichte sie ihr.

„Vielen Dank!" Therese nahm das Buch und schaute Kerstin dabei durchdringend an. „Bin ich dir jetzt für deine Hilfsbereitschaft etwas schuldig?"

Kerstin rümpfte die Nase und legte sich zurück auf ihr Bett.

Damit war das Gespräch für sie beendet.

Therese aber dachte noch lange darüber nach und kam zu dem Schluss, dass das was Kerstin gesagt hatte, nur zum Teil wahr war. Sie selber wollte wirklich niemals jemandem zur Last fallen, aber ein Leben ohne Menschen, die einen liebten und sich um einen sorgten - so ein Leben wollte Therese nicht führen.

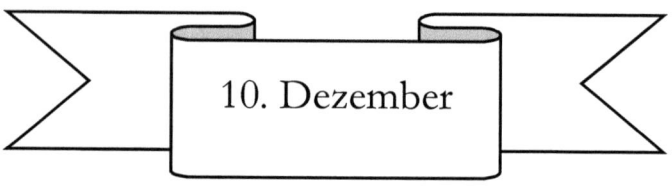

10. Dezember

Pastorin Stellmacher oder Lotte, wie sie seit kurzem auch genannt wurde, hatte ein kleines aber feines Krippenspiel aus ihrem Repertoire gezaubert, das, wie sie meinte, einer Aufführung durch Erwachsene angemessen sei.

Zu dem ersten Treffen kamen Luise, Adrian, Mark und Sofie (das Prinzesschen). Auch Elfriede, die Frau von Karl, hatte sich bereit erklärt, bei dem Stück mitzuwirken.

Therese, die wieder aus dem Krankenhaus entlassen worden war, hatte von Steffen einen Rollstuhl bekommen und wurde von Kristina in das kleine Gemeindehaus geschoben.

Luise zählte durch: „Eins, zwei, Therese, du auch?"

Therese schüttelte ihren Kopf. „Ich glaube nicht, dass ich meinen Gips bis Weihnachten wieder los bin. Aber ich dachte, dass ich vielleicht etwas anderes machen könnte."

„Da wird uns schon etwas einfallen", antwortete Luise seufzend. „Allerdings sind wir immer noch zu wenige. Mit den Rollen von Josef und Maria, dem Wirt, den Heiligen

Drei Königen und den Hirten auf dem Feld, und das sollten auch mindestens zwei sein, bräuchten wir acht Spieler."

„Du hast den Engel vergessen", unterbrach Sofie.

„Also neun und der Erzähler, das macht dann zehn Spieler." Therese blickte um sich. „Jetzt sind wir fünf."

„Ich gebe den Erzähler", meinte Adrian. „Wenn ich zu aufgeregt bin, kann ich vom Blatt ablesen."

„Also ich würde einen Hirten spielen oder einen König", erklärte Mark. „Dann habe ich auch nicht so viel auswendig zu lernen."

„Bevor die besten Rollen vergeben sind, melde ich mich auch als Hirte an." Elfriede winkte aufgeregt.

„Ich würde auch gern einen Hirten mimen", fuhr Luise dazwischen.

„Nun ja, Hirten haben wir ja jetzt genug.", stellte Therese fest. „Aber wer will denn die beiden Hauptrollen übernehmen?"

„Wieso Hauptrollen?" Luise schaute auf Lottes Manuskript. „Soweit ich das hier sehe, haben die zwei am wenigsten Text. Warte mal. Hier spricht Josef nur zwei Sätze, hier noch einen und hier auch noch einmal einen. Das war es. Und Maria sagt gar nichts. Die Hirten haben einen ganzen Akt zu sprechen. Das sind warte mal", sie zählte nach, „das sind insgesamt 20 Sätze, das macht bei drei Hirten sechs bis sieben Sätze pro Hirte."

Mark rief aufgewühlt: „Dann übernehme ich den Josef." Und Elfriede fragte erschrocken nach, wie viel Sätze denn der Wirt zu sprechen hätte. Als Luise erwiderte, dass es nur drei wären, beschloss sie, dass sie die Rolle des Wirtes übernehmen würde.

Nachdem sich alle soweit geeinigt hatten, fiel Luises Blick auf Sofie. „Was ist denn mit dir? Willst du nicht doch die Maria spielen?" Luise wusste, dass Sofie die Rolle schon einmal abgelehnt hatte.

„Iiich?" Sofies Augen wurden vor Schreck ganz groß. „Niemals! Was würden denn dann die Leute sagen. Nee", sie schüttelte den Kopf. „Das kommt nicht infrage. Ich bin im Dorf sowieso schon Gesprächsthema

Nummer eins seitdem ich, als einziges Mädel bei der Feuerwehr mitmische. Das war mir bislang egal, weil es mir zu wichtig war. Aber mich jetzt noch als Jungfrau Maria auf die Bühne stellen, nein, das werde ich bestimmt nicht tun. Ich spiele einen König oder einen Hirten oder so."

„Ist ja gut", versuchte Luise sie zu beruhigen. „Wir brauchen ja sowieso noch Leute, sonst müssen wir das alles absagen."

„Wisst ihr denn jemanden, den wir noch ansprechen könnten? Ich hatte Marga Bescheid gegeben, aber…"

Bevor Therese den Satz beenden konnte, flog die Tür auf. Marga stürmte herein und ließ sich sichtlich erschöpft auf einem Stuhl fallen. „Habt ihr noch Interesse an einem Mitspieler? Ich wäre dabei", keuchte sie außer Atem.

Die übrigen Anwesenden sahen sie erstaunt an.

„Natürlich, wir brauchen noch einige", antwortete Luise. „Aber was ist denn mit dir los?"

„Was mit mir los ist? Weihnachten ist los."
Marga beugte sich sichtlich verärgert vor.
„Jedes Jahr dasselbe. Alles kann ich allein
machen. Haus putzen, Essen vorbereiten,
Geschenke kaufen. Mein Mann kommt nach
Hause, lässt die Schuhe fallen, schnappt sich
seine Zeitung und verschwindet im
Wohnzimmer. Unsere Kinder benehmen
sich das ganze Jahr über nicht so schrecklich
wie in der Vorweihnachtszeit. Sie schreien,
toben und streiten schlimmer als die
Kesselflicker. Aber das kommt jetzt vorbei.
Dieses Jahr lasse ich mir das nicht mehr
gefallen, sollen sie mal sehen, wie sie
klarkommen. Ich streike und mache bei euch
mit. Die werden sich wundern, wenn am
Heiligen Abend die Gans nicht auf dem
Tisch steht. Ich kann ja nicht, denn ich muss
ja beim Krippenspiel mithelfen."

Therese, die Marga am nächsten saß, klopfte
ihr tröstend auf die Schulter.

Luise fasste sich ein Herz und fragte
vorsichtig: „Wärest du denn bereit die Maria
zu spielen?"

„Auch das noch!" Marga schlug sich entsetzt
mit der Hand vor den Kopf, beruhigte sich

aber sofort wieder. „Na ja, wenn es denn sein muss. Aber ich reite nicht auf einem Esel."

„Esel? Nein, ich denke nicht, dass du darauf reiten musst." Therese lachte auf. „Aber die Idee, einen Esel mit auf die Bühne zu bringen, finde ich sehr schön. Wen könnte man denn mal fragen, ob er seinen Esel zur Verfügung stellen würde. Hat Bauer Stolle noch einen?"

„Ja", antwortete Adrian. „Aber der ist schon sehr alt."

„Ein Esel?" Luise reagierte verächtlich auf den Vorschlag. „Vielleicht sollten wir erst einmal versuchen, genug Schauspieler zu finden. Noch fehlen uns mindestens vier und solange wir die nicht haben, brauchen wir uns um den Esel auch nicht zu kümmern."

„Ich kann ja Steffen noch mal fragen", meinte Therese. „Vielleicht hat er ja doch Lust, mitzumachen."

„Ich frag' mal meine Schwester." Adrian verdrehte die Augen. „Es sollte mich wundern, wenn die mal was für andere täte. Aber vielleicht werde ich ja überrascht."

Therese sah nachdenklich in die Runde: „Elfriede!" Therese blickte die etwas schwerhörige Elfriede an und wiederholte nochmals: „Elfriede, kannst du nicht mal deinen Karl fragen?"

Elfriede antwortete verträumt: „Ein Esel wäre schön."

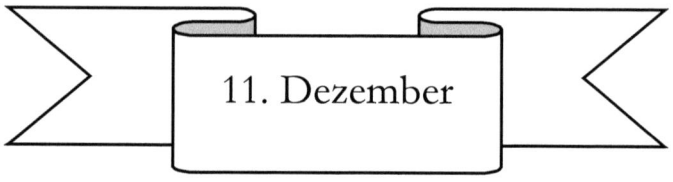

11. Dezember

Silke war in ihrem Schlafzimmer und packte die Koffer. Sobald Henning nach Hause kommen würde, wollten sie gemeinsam in den Urlaub fahren. Der Flieger sollte um zweiundzwanzig Uhr von Hannover aus starten.

Silke freute sich sehr. Sie hatte schon seit gestern Urlaub. Henning hatte heute seinen letzten Arbeitstag.

Wie würde ein Weihnachten auf Mallorca wohl sein, fragte sie sich.

Bislang hatten sie die Feiertage immer gemeinsam mit ihrer Mutter zu Hause verbracht, aber die war im vergangenen Jahr verstorben.

Wieder geht ein Jahr zu Ende, dachte sie etwas wehmütig und setzte sich auf die Bettkante. Überhaupt waren die letzten Jahre wie im Flug vergangen. Die viele Arbeit ließ keine Zeit für gemeinsame Aktivitäten. Das wollten sie jetzt nachholen.

„Lass` uns doch mal was anderes machen", hatte Henning zu ihr gesagt. Die Idee, zu Weihnachten wegzufahren, war von ihm gewesen. Sie wusste, dass es seine Art war, sie auf andere Gedanken zu bringen. Der Tod ihrer Mutter hatte Spuren hinterlassen. Silke war nicht mehr so fröhlich wie vorher. Plötzlich hatte sie festgestellt, dass sie Weise war. Dass es in der Generation vor ihr niemanden mehr gab, der zu ihrer Familie gehörte.

Das hatte ihr Angst gemacht. Immer wieder hatte sie sich gefragt, was sie mit ihrem Leben noch anfangen sollte - was der Sinn ihres Lebens sei.

Mit der Reise wollte Henning sie aufmuntern und das hatte auch Erfolg gezeigt. Silke hatte etwas, auf das sie hinarbeiten konnte.

Silkes Blick fiel auf das Hemd, das sie in ihren Händen hielt. Sie seufzte.

Bügeln muss ich also auch noch. Aber im Koffer wird es wahrscheinlich sowieso zerknittert. Oder nehme ich es einfach so mit und bügele im Hotel? Aber wenn die dort kein Eisen haben? Ach, ich kann es ja noch schnell machen.

In dem Moment läutete es an der Haustür. Sie legte das Hemd zur Seite, um nachzuschauen.

„Guten Tag, Silke! Hier ist Post für dich. Ein ganzer Stapel, der passte nicht in den Briefkasten." Briefträger Klaus grinste sie an: „Und? Schon gepackt? Wann geht es denn los?"

Silke wunderte sich nicht, dass Klaus über ihren Urlaub informiert war. Henning und sie hatten aus ihrem Vorhaben kein Geheimnis gemacht und so wusste in dem kleinen Dorf jeder davon.

„Guten Tag, Klaus. Wir fahren heute Abend zum Flughafen." Silke nahm die Briefe ungläubig an sich. „Wieso sind das denn so viele?"

„Na ja." Verlegen rieb sich Klaus an der Nase. „Mir ist da wohl ein Malheur passiert. Ich habe das neue Postauto erst ungefähr seit drei Monaten, und jetzt habe ich bemerkt, dass da eine Nische zwischen den Ablagen ist. Von der hatte ich nichts gewusst. Da sind beim Bremsen immer mal Briefe hineingerutscht."

„Aber wie kann denn sowas passieren?" Silke hatte gesehen, dass unter den vielen Briefen einige dabei waren, die von Versicherungen und Ämtern kamen.

„Es tut mir wirklich leid. Aber ich muss jetzt wirklich weiter. Muss mich ja schließlich noch beim halben Dorf entschuldigen. Einen schönen Urlaub wünsche ich euch."

Klaus hatte es plötzlich sehr eilig. Er sprang die zwei Stufen zum Gartenweg hinunter, setzte sich in sein Auto und fuhr los.

Silke überflog den Stapel mit den Briefen.

Rechnung, Rechnung, Rechnung, dachte sie.

Doch plötzlich hielt sie inne. Hier war ein privater Brief. Silke wunderte sich. Wer schrieb denn heute im Zeitalter von Handy und Internet noch Briefe? Der Absender sagte ihr nichts. Carola Rieß. Sie glaubte an eine Verwechslung und besah sich den Adressaten nochmals genauer.

Komisch, dass der Brief sie überhaupt erreicht hatte, denn da war ihr Mädchenname angegeben. Carola! Silke brauchte nicht mehr zu überlegen. Meine Güte, wie lange war das her.

Silke riss den Umschlag auf und las den Brief.

Carola schrieb ihr, dass sie sich in einer ganz misslichen Situation befand. Ihr Arbeitgeber erwartete von ihr, dass sie für zwei Monate beruflich nach Südafrika gehen müsse, um dort die Geschäfte zu leiten. Eine Entschuldigung, dass sie nicht wisse, wo sie die zwei Kinder unterbringen solle und das ausgerechnet über Weihnachten, ließ er nicht gelten.

Aus diesem Grund bat sie Silke, ihr aus der Not zu helfen und sich um die beiden zu kümmern, bis sie zurück wäre.

Aber so gut waren wir beide doch gar nicht befreundet gewesen, dachte Silke.

Wie verzweifelt musste Carola sein, um sich an sie zu erinnern.

Silke und Carola hatten wenig gemeinsam gehabt. Silke war in der Schule eine der Besten aber zu schüchtern gewesen. Carola eckte bei jedermann an, weil sie immer lautstark ihre Meinung vertreten hatte. Ihre Leistungen in der Schule waren schlechter als mittelmäßig gewesen. Aus diesem Grund hatte der Lehrer Silke dazu verpflichtet, Carola Nachhilfe zu erteilen. Hierzu musste Carola das ein oder andere Mal aus der Kleinstadt Celle anreisen. Genutzt hatte es nicht viel und Carola verließ das Gymnasium nach der neunten Klasse. Danach hatten sie sich nur einmal wiedergesehen. Sie hatten sich zufällig auf dem Arbeitsamt getroffen und ein paar Worte miteinander gewechselt. Beide waren damals auf der Suche nach einer neuen Stelle gewesen.

Silke sah auf die bereits gepackten Koffer. Was sollte nun aus dem Urlaub werden? Konnte sie fahren, und Carolas Bitte ignorieren?

Nein, auf gar keinen Fall. Dieser Urlaub wäre vergebens. Sie konnte nicht entspannt am Pool liegen, obwohl sie wusste, dass sie hier gebraucht werden würde. Aber vielleicht hatte sich das Alles ja schon erledigt und Carola hatte eine andere Lösung gefunden. Mit einer Spur von Hoffnung sah sie noch einmal auf den Poststempel. Der Brief war zwei Tage alt.

Sie griff zum Telefonhörer und wählte Carolas Nummer.

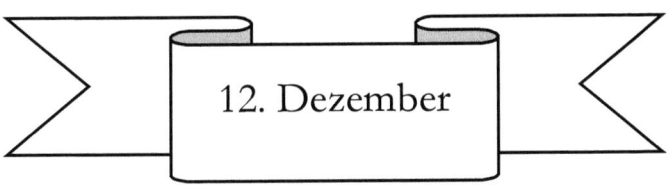

12. Dezember

Therese war niedergeschlagen, das hatte Kristina beim Frühstück schon gemerkt. Allerdings schob sie es auf Thereses allgemeine Situation. Schließlich war es für jeden Kranken kaum zu ertragen, wenn er nicht so eigenständig wie sonst handeln konnte, sondern ständig auf andere angewiesen war. Therese konnte sich zwar in ihren eigenen vier Wänden mithilfe von Gehhilfen hin und her bewegen. Aber auch das wurde schnell anstrengend und sie musste sich immer wieder setzen, um Kraft für den nächsten Weg zu sammeln. Für den Rollstuhl waren die Türen im Haus zu schmal und so nutzte Therese ihn nur, wenn sie im Dorf unterwegs war. Wegen des schlechten Wetters war sie auch dabei auf Kristinas Hilfe angewiesen. Steffen war von morgens bis abends im Büro. Wenn er nach Haus kam, dann war es, gerade jetzt in den Wintermonaten, schon dunkel.

Und Sebastian? Der genoss seine familienfreie Zeit, schlief bis zum Mittag und trieb sich anschließend irgendwo herum. Kristina hatte nicht übel Lust, ihm die Leviten zu lesen. Dass er seiner Mutter Kummer bereitete, konnte sie Therese ansehen. Diese Bengel verhalten sich mit dreißig immer noch wie kleine Jungs, dachte Kristina. Können die nicht mal erwachsen werden?

„Nun was ist denn", fragte Kristina Therese, nachdem sie zum wiederholten Mal gestöhnt hatte. „Hast du Schmerzen in Bein?"

Therese schüttelte den Kopf. „Nein, nein. Es ist alles in Ordnung."

Aber Kristina sah, dass es Theresa nicht gut ging. „Kann ich was bringen? Oder ist dir langweilig? Sollen wir mal nach draußen gehen? Möchtest du an frische Luft, oder Nachbarn besuchen?"

„Nein, nein", antwortete Therese etwas weinerlich. „Es ist nur… ich dachte gerade… na ja, ich habe ja noch gar keine Weihnachtsgeschenke. Und ich würde so gern in die Stadt fahren um über den Weihnachtsmarkt zu schlendern. Das habe ich sonst immer einmal vor Weihnachten gemacht. Einmal den Duft der frischgebrannten Mandeln einatmen. Und dann bin ich immer einkaufen gegangen und habe die Geschenke für die Kinder besorgt.

Das kann ich in diesem Jahr alles nicht tun. Dann muss ich wohl oder übel die Sachen im Internet besorgen." Wieder seufzte sie.

„Aber warum denn?" Kristina sah sie verwundert an. „Ich kann doch mit dir nach Celle fahren, wenn du das gern möchtest. Ich habe zwar kein Auto, aber dann nehmen wir eben Bus. Das ist auch viel bequemer. Dann brauchen wir keinen Parkplatz suchen."

„Meinst du wirklich? Kristina, das wird nicht einfach werden. Mit dem Rollstuhl in den Bus und wieder hinaus. Und dann in der Stadt über das alte Kopfsteinpflaster."

Therese blickte Kristina skeptisch an, aber die war nicht mehr zu halten und winkte ab.

„Aber natürlich gäht das. Machen wir uns hübsch und dann geht ´s los. Keine Angst. Und dann trinken wir eine Tasse Kaffee bei Café Müller und essen diese leckere Torte mit die Kirsche. Du weißt, diese Bähmerwalder."

Therese musste laut lachen. „Schwarzwälder Kirschtorte meinst du. Ja, das könnten wir tun."

„Na also. Kommst du anziehen, los geht´s. Ich schaue gleich, wann Bus kommt.“

Eine dreiviertel Stunde später saßen die beiden gut gelaunt im Bus und beratschlagten, was sie alles erledigen wollten.

Mittlerweile war es dunkel geworden und mit Einkaufstaschen bepackt und durch Kaffee und Schwarzwälder Kirschtorte gestärkt, schob Kristina den Rollstuhl mit Therese über den Weihnachtsmarkt. Ihnen stieg dabei der Mandelduft vermischt mit dem Geruch von Glühwein in die Nasen.

Am Rande des Marktes stand ein Posaunenchor und spielte weihnachtliche Musik. Geschmückte Stände und beleuchtete Weihnachtssterne über den Gassen sorgten für eine gemütliche Stimmung. Die beiden Frauen genossen es und blieben vor einer Bude stehen, um sich einen Eierpunsch zu genehmigen.

„Das war ein schöner Tag“, sagte Therese zu Kristina. „Aber weißt du, was ich jetzt noch gerne tun würde?“

Kristina sah erwartungsvoll auf sie herab. „Na? Was denn? Los raus damit!"

„Wenn ich nun schon mal hier bin, dann würde ich gern nach Kerstin und Merle schauen. Ich weiß zwar nicht, ob Kerstin noch im Krankenhaus ist, aber Merle ist bestimmt noch da."

„Dann mal los", sagte Kristina und nahm Therese den leeren Becher ab, um ihn zurück auf den Tresen zu stellen. Dann fasste sie die Griffe des Rollstuhls und schob Therese rasant durch die Menge der anderen Marktbesucher.

Tatsächlich war Kerstin bereits aus dem Krankenhaus entlassen worden. Aber Merle war noch dort und so war der Weg nicht umsonst gewesen.

Als Merle Therese hereinkommen sah, wischte sie sich verstohlen durch das Gesicht. Die beiden Besucherinnen hatten es bemerkt, aber sie ignorierten es. Stattdessen taten sie alles, um Merle fröhlich zu stimmen, und erzählten von ihrer Stippvisite auf dem Weihnachtsmarkt und von zu Hause. Therese konnte nach diesem schönen Tag nichts mehr die Laune verderben und so berichtete sie sogar ohne Wehklagen von Sebastian und seiner Trennung. Inzwischen konnte sie über sein Verhalten sogar lachend die Augen verdrehen, und so sagte sie zu Merle: „Ganz egal, was aus dieser Ehe wird, mein Enkel Luis bleibt mein Enkel. Ich hoffe nur, dass Lilli mit ihm zu Weihnachten kommt."

„Was ihr immer für einen Aufwand wegen Weihnachten macht." Merle schüttelte den Kopf. „Als gäbe es nichts Wichtigeres. Meine Mutter zickt das ganze restliche Jahr mit Papa rum. Aber zu Weihnachten tut sie immer als wären wir eine glückliche Familie. Da mache ich nicht mit. Bei dem Gezeter verzichte ich lieber auf das Weihnachtsessen und fahre mit meinen Freunden weg."

„Aber wie willst du das denn in diesem Jahr machen? Du kannst doch kaum laufen."

„Vermutlich muss ich die Feiertage sowieso hier verbringen. Dann hat sich das erledigt." Merle zuckte gleichgültig mit den Schultern.

Therese versuchte, mit ihrem Rollstuhl näher an Merle heranzurollen, um ihr aufmunternd die Hand zu drücken. Dabei stieß sie versehentlich gegen Merles Nachttisch und bemerkte, dass ein Röllchen mit kleinen Pillen von ihm herunterfiel. Kristina hob es eilig auf und wollte es gerade auf den Tisch stellen, da sah sie, dass die kleine Dose vollkommen unterschiedliche Tabletten enthielt. Sie betrachtete es gründlich. „Das ist aber eine eigenartige Zusammenstellung von Tabletten."

„Gib sie wieder her", rief Merle aufgebracht und fuchtelte wild mit ihren Armen bei dem Versuch, Kristina das Döschen zu entreißen. Aber Kristina behielt es fest in der Hand.

Die plötzlich so barsche Art Merles machte die beiden Besucherinnen stutzig.

„Merle." Therese blickte sie eindringlich an, „Was sind das für Tabletten?"

„Ach nix!" Merle warf sich weinend zurück in ihre Kissen.

Therese erinnerte sich an die Schlaftabletten, die wie von Geisterhand von ihrem und Kerstins Nachtschrank verschwunden waren. „Merle", sagte sie wieder. „Merle du wolltest doch nicht …"

„Ach es ist doch alles so schrecklich. Wer weiß, ob ich je wieder vernünftig laufen kann. Und dann die Schulden, die ich habe, weil ich diesen Unfall hatte. Das Auto ist noch nicht bezahlt. Und meine Mutter - immer diese Vorwürfe. Und von meinen Freunden hat sich auch noch niemand sehen lassen", schluchzte sie unaufhörlich.

Therese und Kristina waren nicht in der Lage, sie zu beruhigen.

„Sie braucht Hilfe. Ich hole den Arzt", meinte Kristina und verließ eilig das Zimmer.

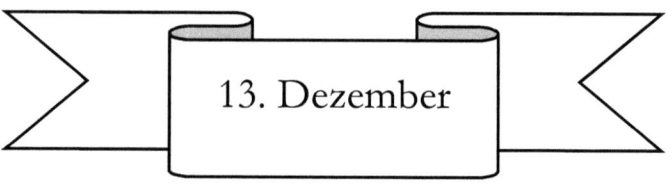

13. Dezember

Merle hatte Angst. Und die war so groß, dass sie sich nicht mehr in der Lage sah, sie zu kontrollieren. Die Angst beherrschte sie Tag und Nacht.

Es war das Grauen vor dem Ungewissen. Vor dem was nach dem Krankenhausaufenthalt kommen sollte. Alles, was sie niemals wollte, schien für sie plötzlich unvermeidbar.

Bei ihrem Auszug aus dem Elternhaus hatte sie sich geschworen, nie wieder dorthin zurückzukehren. Zu sehr hatten die Streitigkeiten zwischen ihr und ihrer Mutter sie belastet. Sie hatte sich eingeredet, dass sie eher bereit wäre, unter einer Brücke zu leben, als jemals wieder einen Fuß über die Schwelle dieses Hauses zu setzen. Doch sie konnte sich kaum rühren. An Schlafen unter der Brücke oder in einem Zelt war gar nicht zu denken. Selbst wenn einer der Freunde bereit gewesen wäre ihr Obdach zu gewähren - niemand von denen hatte Platz. Dort hätte sie auf einer Luftmatratze liegen müssen.

Aber von diesen sogenannten Freunden hatte sich auch schon lange keiner mehr bei ihr sehen lassen.

Dazu kam noch die Angst vor dem Ergebnis des Gerichtsverfahrens, das unweigerlich auf sie zukam. Der Polizist, der sie befragt hatte, hatte ihr gleich angedeutet, dass es ohne Anklage nicht abgehen würde.

Einen Anwalt hatte sie auch noch nicht kontaktieren können. Ihr kleines Auto hatte einen Totalschaden. Vermutlich würde sie eine sehr lange Zeit auf den Luxus eines eigenen Fahrzeugs verzichten müssen. Aber das war ihr im Moment noch egal. Doch wie sollte sie all die Kosten tragen, die durch den Unfall auf sie zukommen würden?

Dann die Angst vor den Weihnachtstagen. Selbst wenn sie bis dahin das Krankenhaus verlassen durfte. Die Aussicht darauf, dass sie wieder zu Hause wäre und wie die anderen Weihnachtstage in ihrer Kindheit gemeinsam mit der ständig gereizten Mutter und ihrem duckmäuserigen Vater unter dem Weihnachtsbaum zu sitzen, um dann nach dem Essen eine Entschuldigung zu finden, ins Bett zu gehen, versetzte sie in Panik.

Aber die größte Furcht hatte sie vor den wiederkehrenden Schmerzen. Was, wenn sie keine Medikamente mehr bekam? Sie konnte sich gut daran erinnern, wie sehr sie hatte aushalten müssen, bevor die Feuerwehr sie aus dem ramponierten Auto befreit hatte, damit der Rettungsdienst sie versorgen konnte. Es kam ihr vor, als wären dabei Stunden vergangen. Das wollte sie nicht wieder erleben und so hatte sie die Tabletten ihrer Bettnachbarinnen regelmäßig in unbeobachteten Momenten an sich genommen.

Der Arzt, dem sie die ganze Geschichte erzählt hatte, nachdem Kristina und Therese sie entlarvt hatten, schüttelte den Kopf und meinte, soviel Unvernunft wäre ihm in den ganzen Jahren seiner Tätigkeit nicht vorgekommen.

Natürlich würde man sie mit ihren Schmerzen nicht allein lassen. Sie würde behandelt werden, bis zu dem Tag, an dem alles wieder so wäre wie vor dem Unfall. Und dass alles in Ordnung käme, daran hätte er überhaupt keinen Zweifel.

Die Prognose wäre sehr gut.

Ansonsten, so stellte der Arzt fest, könne man ihre Angst weder verbieten noch schön reden, Sie allein könne sie nur überwinden, wenn sie ihr entgegentrat. Merle sollte mit ihren Eltern offen und deutlich, aber fair darüber sprechen, was sie ängstigt. Vermutlich würde sie dann in der gemeinsamen Diskussion Sinn, Solidarität und Hoffnung finden.

„Aber", sagte der Arzt ihr zum Abschluss des Gespräches mit erhobenem Zeigefinger: „Es braucht auch das Eingeständnis der eigenen Fehler, denn nur dann kann man sie in der Zukunft vermeiden. Und dazu gehört, dass man offenherzig einräumt, wenn man sich geirrt hat. All das kostet Überwindung. Aber es macht frei und eröffnet neue Wege im Miteinander."

Merle war zu klug, um dem Arzt zu widersprechen. Sie wusste genau, dass er recht hatte. Die Sorge, dass sie Schmerzen leiden würde, konnte der Arzt ihr zwar nicht restlos nehmen, aber sie vertraute auf seine Aussage.

Auch wenn es ihr schwerfiel, war die erste Handlung nach dem Gespräch die, dass sie ihren Vater anrief und ihn gemeinsam mit der Mutter um eine Unterredung bat.

Der zweite Anruf galt einer ehemaligen Nachbarin, von der sie wusste, dass sie als Anwältin tätig war. Von ihr erhielt sie die erleichternde Auskunft, dass es für diese Tätigkeiten eine finanzielle Unterstützung geben würde, wenn man es aus eigener Tasche nicht zahlen konnte.

Der Arzt hatte Merle während des Gespräches auch geraten, noch einmal darüber nachzudenken, ob es für sie nicht doch eine Möglichkeit gab, die Feiertage bei einer Freundin zu verbringen. Denn es wäre möglich, dass sie in etwa zehn Tagen aus dem Krankenhaus entlassen werden würde. Also griff Merle wieder zum Hörer und rief den einzigen Menschen an, von dem sie glaubte, dass sie ihr helfen würde: Therese.

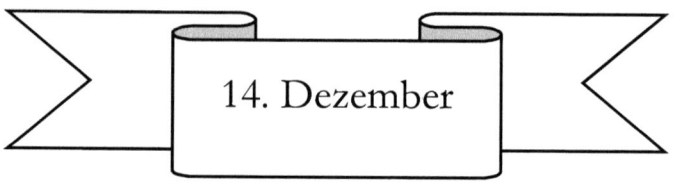

14. Dezember

In der vergangenen Nacht hatte es im Dorf gebrannt. Ein altes unbewohntes Haus war in Flammen aufgegangen. Den ersten Vermutungen nach war es zu einem Kurzschluss in den maroden Leitungen gekommen. Aber niemand wusste etwas Genaues. Die Polizei war mit dem Brandexperten noch bei der Erforschung der Ursache.

Da der Platz unter dem Dach als Lagerstätte für Heu und Stroh gedient hatte, war das Haus nicht mehr zu retten gewesen.

Die Feuerwehrleute hatten reichlich damit zu tun gehabt, die anliegenden Gebäude zu sichern, damit das Feuer nicht übersprang. Der am frühen Morgen einsetzende Regen hatte ihnen dabei geholfen und so konnten die Wehren zum Frühstück ins Feuerwehrhaus zurückkehren.

Luise und Marga hatten im Aufenthaltsraum bereits gut eingeheizt. Der Kaffee war gekocht und auf dem Tisch standen fertig belegte und mit Petersilie garnierte Brötchen.

Müde und erschöpft nahmen die Feuerwehrmänner und Feuerwehrfrau Sofie Platz.

„So langsam wird es mir zu anstrengend, nachts aufzustehen und zum Einsatz zu fahren. Mein Kreislauf hat ganz schön verrückt gespielt. Ich bin schließlich nicht mehr der Jüngste", meinte Karl nachdenklich.

„Das ging mir heute Nacht genauso." Kurt seufzte. „Aber wenn wir es nicht tun, wer dann?"

Steffen schaute in die Runde. „Also wenn ich mir das hier so anschaue, dann glaube ich nicht, dass wir in zehn Jahren noch eine Wehr haben. Da kann so einer wie der Dietmar rumzetern wie er will."

Jeder wusste, was gemeint war. Dietmar war einer der Nachbarn des ausgebrannten Hauses. Weil er selber nicht in der Feuerwehr war, hatte er Sorge, dass bei ihm nicht gelöscht werden würde. Wie ein Rumpelstilzchen sprang er zwischen den Feuerwehrleuten hin und her und schrie: „Mein Haus, mein Haus. Zuerst mein Haus."

„Lächerlich", meinte Kurt. „Sein Haus stand noch zehn Meter weiter weg als das von Hübners. Die haben nicht so ein Theater gemacht."

„Vielleicht sollte man ihn einfach in dem Glauben lassen, dass wir bei ihm nicht gelöscht hätten." Karl nahm sich eine Brötchenhälfte und pickte die Petersilie verächtlich herunter. „Das Grünzeug braucht auch keiner", murmelte er.

Sofie schüttelte den Kopf, schnappte sich den Zweig und steckte ihn in den Mund. „Wenn der Dietmar solche Angst davor hat, dass wir bei ihm nicht löschen, wenn es brennt, warum tritt er denn nicht in die Feuerwehr ein."

„Ganz einfach, weil er eine faule Socke ist. Der liegt lieber auf dem Sofa. Zu mir hat er mal gesagt, dass er ja zum Löschen käme, aber diese ständigen Übungsabende würden doch nur mit Saufereien enden." Steffen rümpfte die Nase. „Dabei war er noch nie da. Nicht ein einziges Mal hat er gesehen, dass wir Schläuche überprüfen, das Fahrzeug reinigen oder den Ablauf der Löscharbeiten üben, damit jeder weiß, was er zu tun hat, wenn es darauf ankommt."

Luise hatte das Gespräch aufmerksam verfolgt und stellte schließlich fest: „Also, eigentlich seid ihr doch nicht böse, dass er nicht kommt. Der würde euch doch alles aufmischen."

„Trotzdem können wir uns unsere Leute nicht aussuchen. Und wenn mein Haus brennt, ist es mir egal, wer zum Löschen kommt. Hauptsache ist, dass überhaupt jemand kommt." Karl zeigte mit dem Finger auf Luise. „Du", sagte er. „Du kannst doch bei uns mitmachen. Dann ist unser Prinzesschen – ich meine, dann ist Sofie nicht so allein."

Steffen viel ihm ins Wort. „Das ist überhaupt die Idee, Luise. Hättest du nicht Lust dazu?"

Luise zwinkerte ihm zu: „Natürlich, wenn Therese mitkommt." Ahnte sie doch, dass Therese seinen Vorschlag mit ziemlicher Wahrscheinlichkeit dankend ablehnen würde.

Auch Steffen bezweifelte, dass Therese sich in ihrem Alter eine Feuerwehrkombi anziehen würde.

„Erstmal ist sie ja sowieso außer Gefecht gesetzt", meinte er abwinkend.

Luise nahm Steffen ein wenig zur Seite und fragte ihn: „Was glaubst du denn, bis wann sie wieder einigermaßen auftreten kann?"

„Der Arzt hat gesagt, dass sie ihr Bein ab sofort wieder etwas belasten darf - jeden Tag ein Stückchen mehr. Damit sie zu Weihnachten einen Gehgips bekommen kann und die Krücken nicht mehr benötigt."

„Das klingt doch gut."

„Ich hatte eigentlich gehofft, dass sie sich über die Weihnachtstage noch etwas schonen sollte. Denn wie ich Therese kenne, glaubt sie, dass sie, sobald sie auftreten kann, auch die Kinder wieder bekochen und verwöhnen kann. Genauso wie in den anderen Jahren."

„Vielleicht wäre es ja ganz gut, wenn du mit ihr verreist."

„Das hatte ich ja auch geplant. Damit sie sich um nichts kümmern muss, wollte ich mit ihr zu Sebastian und Lilly fahren. Aber jetzt ist Sebastian hier und Therese hat sich bei eurem Krippenspiel mit einspannen lassen."

„Ja, ja. So ist das." Luise sah ihn mitleidig an. „Des einen sein Freud, des andern sein Leid."

15. Dezember

Man könnte glauben, das ganze Dorf wäre unterwegs, dachte Lotte Stellmacher, während sie sich das bunte Treiben vor der Kirche ansah. Viele Dorfbewohner jeden Alters tummelten sich auf dem Kirchplatz. In dessen Mitte stand ein Handwagen, der zu einem Gefährt umgebaut war, das nach einer goldenen Kugel aussah. Ein junger Mann in einem Froschkostüm und mit einer Krone auf dem Kopf versuchte mit einem, im Stiel abgebrochenen, Besen Unmengen von Kronkorken, die auf dem Boden verteilt lagen, zusammenzufegen. Der Versuch scheiterte daran, dass immer wieder einer seiner Freunde zur Belustigung der Zuschauer schlürfenden Fußes durch den bereits angehäuften Berg lief, sodass die Kronkorken wieder auseinanderflogen.

Was braucht man Feinde, wenn man solche Freunde hat, sinnierte Lotte.

Plötzlich bemerkte sie ein kleines Mädchen, das von der Mutter ein wenig geschubst, sichtlich zögernd auf den Fegenden zuging und ihm einen Kuss auf die Wange gab. Alle

Zuschauer applaudierten kräftig und jubelten.

Das ist also die Jungfrau, die ihn erlösen soll, stellte Lotte fest. *Eigenartige Sitten sind das hier, die ein dreißigjähriger zu seinem Jubelgeburtstag vollziehen muss. Eigentlich ist es ja auch nur ein Theaterstück, an dem alle bereitwillig teilnehmen.*

Als Lotte bewusst wurde, was sie da gerade gedacht hatte, wurde sie rot vor Wut. Sie schritt in die Mitte der johlenden Menschen und brüllte so laut, dass ihre Stimme sich fast überschlug: „Sofort in die Kirche! Alle!" Sie riss die Tür zur Kirche auf und wies die verblüffte Menge mit dem Finger an, hineinzugehen. „Sofort! Sonst vergess` ich mich."

So unverhofft und deutlich dieser Wutausbruch von der Pastorin kam, konnten die Angesprochenen sich der Anweisung nicht verweigern und kamen ihrer Aufforderung mit gesenkten Köpfen nach. Niemand wagte es, sich dagegen aufzulehnen. Ein paar wenige drehten sich zur Seite und flüsterten miteinander. Sie taten so, als ob sie es nicht gehört hatten, aber auch sie wurden von Frau Stellmacher nochmals barsch angefahren. „Braucht ihr eine Extraeinladung? Rein hier jetzt!"

Nachdem auch der Letzte in der Kirche seinen Platz gefunden hatte, ließ Lotte die Tür donnernd ins Schloss krachen und marschierte durch den Gang auf die Kanzel.

Als sie auf dem Predigtstuhl angekommen war, holte sie tief Luft.

„Im Brief an die Römer im zwölften Kapitel heißt es >Wie wir an einem Leib vieler Glieder haben, aber nicht alle Glieder dieselbe Aufgabe haben, so sind wir viele ein Leib in Christus, aber untereinander ist einer des andern Glied, und haben verschiedene Gaben nach der Gnade, die uns gegeben ist.'"

Sie sah in die Runde und blickte in unverständliche Gesichter.

„Was ich euch damit sagen will, fragt ihr euch? Ich kann es ja verstehen, jeder hat sein Leben, seine Arbeit, sein Tun. Viele von euch arbeiten in Schichten und haben am

Abend keine Lust mehr, sich um etwas anderes zu kümmern als um sich selbst, weil ihr einfach müde und erschöpft seid. Umso erstaunlicher ist es für mich, dass so viele von euch es geschafft haben, zu diesem Spektakel heute zu erscheinen."

Sie machte eine kurze Pause, bevor sie fortfuhr.

„Ihr habt den Jubilar mit diesem, zugegeben sehr originellen, Kostüm ausgestattet. Ihr habt ihm ein Gefährt gebaut, dass sich sehen lassen kann. Man sieht, wie viel Arbeit darin steckt. Ihr habt seit Wochen ein Bettlaken am Zaun aufgehängt, das diesen dreißigsten Geburtstag und das Fegen ankündigt. Ihr habt sogar daran gedacht, die Kirche darüber in Kenntnis zu setzen. Respekt dafür."

Die Mienen der Zuhörer hellten sich erleichtert auf. Mit so viel Lob und Anerkennung hatten sie nicht gerechnet. Aber sie hatten sich zu früh gefreut. Plötzlich prasselte ein Gewitter aus Worten auf die Anwesenden herunter.

Frau Stellmacher donnerte von der Kanzel herab: „Das alles habt ihr trotz der vielen privaten Verpflichtungen geschafft. Aber wenn es darum geht euch hilfsbereit zu zeigen und einmal, ein einziges Mal, das Krippenspiel auf die Beine zu stellen, dann habt ihr keine Zeit? Da überlasst ihr die Arbeit den wenigen, die begriffen haben, dass sie es für das Dorf – für alle - tun. Wo beginnt denn bei euch das Fest der Liebe? Am Heiligen Abend beim Essen? Und wo hört es auf? Nach dem Geschenkeverteilen? Ein jeder von euch sollte sich schämen. Es sind noch zehn Tage bis Heiligabend und es finden sich nicht genügend Mitspieler, auch die Kulisse ist noch keineswegs besprochen. Es gibt Kinder, die sich genau auf diese Vorstellung an Weihnachten freuen. Eltern kommen mit ihnen aus anderen Orten angereist, um bei dem Spiel zuzuschauen. Und ihr? Was macht ihr? Zuckt ihr nur mit den Schultern und sagt: Dann fällt es in diesem Jahr eben aus? Wie soll ich den Konfirmanden in Zukunft erklären, dass es ihre Aufgabe ist, daran teilzunehmen, wenn sich ihre Eltern einfach verweigern? Denkt mal darüber nach"

Lotte holte erschöpft Luft und sagte leise: „Ich schließe mit den Worten des Apostel Petrus in seinem 1. Brief, im 4. Kapitel: Dient einander, ein jeder mit der Gabe, die er empfangen hat."

Frau Stellmacher trat von der Kanzel herunter und verließ die Kirche durch die Sakristei. Sie wollte mit niemanden mehr sprechen. Sie wollte auch nichts mehr hören.

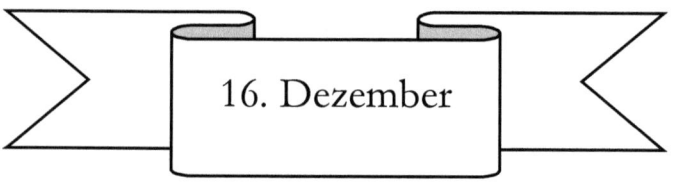

16. Dezember

Der Vorfall auf dem Kirchplatz hatte sich schneller herumgesprochen als jedes sonstige Ereignis im Dorf. Dass die Pastorin die Zuschauer bei einem Fegen vor der Kirche in dieselbe hineinzitiert hatte, gab schon Grund genug für Klatsch und Tratsch. Dass sie dann aber die ganze Gesellschaft nach allen Regeln der Kunst abkanzelte, das erfreute die einen und sorgte für Hohn und Spott bei den anderen.

„Endlich", sagte Luise zu Therese. „Endlich hat sie es mal ausgesprochen. Und es hat genau die Richtigen getroffen. Alle waren da gewesen, Karl und die Hübners, Stefanie und Petra. Sogar mein Hannes war dort um Alexander beim Fegen zuzusehen." Sie musste lachen.

Therese schüttelte ungläubig den Kopf: „Dein Hannes musste also auch mal wieder in die Kirche. Wo er doch so darauf beharrt, dass er nur zu Beerdigungen dorthin geht."

„Ja. Als ich ihn darauf ansprach, meinte er kleinlaut, er sei so verblüfft gewesen, dass er nicht einfach weggehen mochte."

„Das wird wohl einigen so ergangen sein. Ich bin ja mal gespannt, ob sich daraufhin etwas tut.

In diesem Moment ging die Tür auf und Kristina brachte den Kaffee. „Habt ihr gehört, dass Silke und ihr Henning ihren Urlaub abgesagt haben. Stattdessen kümmern sie sich jetzt um zwei kleine Mänschenkinder."

„Moment mal." Luise war erstaunt. „Ich dachte, die beiden wären schon weg."

„Neej, die Silke hat einen Brief gekriegt, dass sie auf die Kinder einer ehemaligen Schulfreundin aufpassen solle, weil die arbeiten muss."

„Jetzt? So kurz vor Weihnachten? Was ist das für eine Mutter, die ihre Kinder einfach so fortgibt."

„Wer weiß, wie sie in Not ist, dass sie so etwas tun muss." Während Therese sofort Mitleid zeigte, schimpfte Luise: „Aber ich bitte dich. Was ist das für eine Rabenmutter, die so etwas tut."

In diesem Moment unterbrach das Klingeln des Telefons die Diskussion. Therese nahm den Anruf an und es meldete sich Petra.

„Hallo Therese, ich wollte mal hören, wie es dir geht?"

„Gut", antwortete Therese.

„Ich habe gehört, dass Kristina sich um dich und den Haushalt kümmert. Bist du zufrieden mit ihr?"

„Ja, sehr", betonte Therese. „Kristina ist mir eine große Hilfe. Wir waren auch schon gemeinsam in Celle, um Weihnachtseinkäufe zu erledigen."

„Aha, aha." Petra schien das wenig zu interessieren. Stattdessen fuhr sie fort: „Und dein Sebastian ist auch wieder zu Haus, hab´ ich gehört."

An der Art wie Petra ihre Frage gestellt hatte, merkte Therese, dass sie auch an dieser Antwort nicht wirklich interessiert war. „Petra, was willst du wirklich?"

„Ich? Ich? Nichts. Wieso? Ich wollte doch nur mal fragen, wie es so ist bei dir." Petra hielt erschrocken inne. „Sag´ mal. Du bist doch auch in das Krippenspiel eingebunden. Wo kann man sich denn da melden, wenn man mitmachen möchte."

Jetzt verstand Therese. Dieses geheuchelte Interesse an ihrem Zustand war nur Mittel zum Zweck, um mehr über das Krippenspiel zu erfahren. „Ach so, Petra. Warum sagst du das nicht gleich. Da bist du bei mir richtig. Was möchtest du denn machen?"

„Ja ich weiß nicht", stotterte Petra. „Was braucht ihr denn noch?"

„Wir brauchen noch einen, der den König Herodes gibt. Der, der ein ganz gemeines und falsches Spiel spielt und das Jesuskind umbringen lassen will."

„Aber, aber." Petra schnappte hörbar nach Luft. „Das ist ja schrecklich. Habt ihr nicht noch eine andere Aufgabe für mich?"

„Nun ja", antwortete Therese. „Die Rolle des Esels ist auch noch vakant."

Luise prustete laut los vor Lachen, sodass Therese schnell die Hand vor die Sprechmuschel hielt.

Anscheinend hatte Petra es nicht bemerkt. „Ich dachte, weil die Frau Pastorin das gestern gesagt hat - dass noch so viele Rollen zu besetzen wären, meine ich." Petra reagierte enttäuscht auf die Aussicht, als Esel auf die Bühne zu müssen.

„Nein Petra, das war nur Spaß", lenkte Therese ein. „Komm´ doch morgen zur Probe. Dann werden wir sehen. Es fehlen immer noch Hirten und Könige."

Erleichtert verabschiedete sich Petra und sie beendeten das Gespräch.

Luise sah Therese an und stellte fest: „Das war jetzt aber schon eine Gewissensfrage für Petra. Wie hätte sie sich wohl entschieden, wenn du es ernst gemeint hättest. Für den Auftritt als bösen König oder lieber doch für den Esel?"

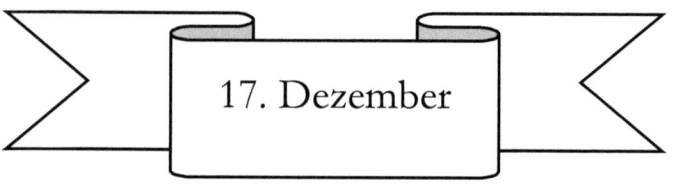

17. Dezember

In dem kleinen Raum des Dorfgemeinschaftshauses, den sie für ihre Proben ausgewählt hatten, herrschte eine eigenartige Stimmung

Nachdem die Pastorin Lotte Stellmacher zwei Tage zuvor ein Machtwort gesprochen hatte, hatten sich zwar mehrere Personen bei Therese, Luise und den anderen Mitspielern gemeldet, um das Unternehmen „Krippen-spiel" zu unterstützen.

Allerdings waren sich die meisten nicht sicher, ob sie dabei richtig gehandelt hatten.

Unter anderem waren Adrians Schwester Ute, Thereses Nachbarin Petra, Elfriedes Mann Karl und einige andere Dorfbewohner zu der Besprechung erschienen.

Dass so viele kommen würden, hätte ich nicht geglaubt, sonst hätte ich einen größeren Raum gebucht, dachte Therese und blickte von ihrem Rollstuhl aus zu den Gesichtern hinauf.

„Vielleicht setzt ihr euch alle erst einmal. Ich denke doch, dass wir genügend Stühle für alle hier haben."

Luise übernahm das Wort: „Für die, die es noch nicht wissen, die ersten Rollen haben wir bereits verteilt. Es gibt noch die ein oder andere Rolle, die offen ist. Das wären zum Beispiel noch die drei Könige, ein Hirte, der Engel und die Wirtsfrau. Also wer möchte was übernehmen?"

Wieder gab es ein Gemurmel unter den Anwesenden.

Dann meldete sich Ute: „Also, ich würde den Engel spielen."

„Das war ja klar." Sofie rümpfte die Nase.

„Passt dir das etwa nicht", fragte Ute sie angriffslustig. „Du hättest ja den Engel machen können. Soweit ich weiß, bist du schon von Anfang an dabei."

„Ich hätte den Engel gemacht, wenn mich jemand gefragt hätte", fauchte Sofie zurück.

„Dann frag` dich mal, warum dich niemand gefragt hat? Vielleicht siehst du nicht gerade aus wie ein Engel in deinem karierten Hemd und den zerrissenen Jeans."

„Es kann sich nun mal nicht jede Frau so teure Kleider leisten wie du. Und nicht jede arbeitet in einem feinen Büro und kann den ganzen Tag auf Stöckelschuhen herumstolzieren." Sofie stichelte zurück.

„Deshalb muss man nicht den ganzen Tag in solch abgewetzten Klamotten herumlaufen", erwiderte Ute.

„Jetzt ist es aber genug." Adrian zog Sofie, die aufgesprungen war, um zum Gegenschlag auszuholen, auf den Stuhl zurück. Auch Luise hatte mittlerweile beruhigend eine Hand auf Utes Schulter gelegt. „Das meine ich aber auch", sagte sie. „Wir wollen hier doch zusammenarbeiten und uns nicht zerfleischen. Es ist doch bald Weihnachten."

Sowohl Ute als auch Sofie lehnten sich schmollend auf ihren Stühlen zurück. Sofie hatte die Arme dabei vor der Brust verschränkt.

„Fahren wir mit der Rollenverteilung fort", sagte Luise. „Was ist mit dir Petra? Würdest du einen Hirten mimen? Du hättest allerdings eine ganze Menge Text. Und es sind nur noch wenige Tage bis Heiligabend."

Petra, die froh war, dass sie weder den bösen König Herodes noch einen Esel spielen musste, nickte bereitwillig. „Aber ob ich so viel Text in so kurzer Zeit lernen kann, das weiß ich nicht."

„Mach dir keine Sorgen und das gilt im Übrigen auch für alle anderen. Ich werde hinter der Bühne sitzen und euch soufflieren." Therese hielt den Text nach oben. „So kann ich auch etwas zum Gelingen beitragen."

„Und du Karl? Willst du auch einen König übernehmen?" Luise sah Elfriedes Mann fragend an.

„Dafür ist der doch viel zu klein" prustete Ute spöttisch.

„Was hat sie gesagt", fragte die schwerhörige Elfriede nach.

Sofie wiederholte Utes Aussage über Karls Statur.

„Wo sie recht hat", stimmte Elfriede ihr zu.

„Ich bin nicht neunundsechzig Jahre alt geworden, damit ich mir von dir sagen lassen

muss, dass ich für einen König zu klein bin",
gab Karl donnernd zur Antwort.

„Aber ist doch so. Die Heiligen Drei Könige
sollten schon alle gleich groß sein", meinte
Elfriede. „Du kannst doch den Wirt machen.
Den hätte ich sonst gegeben. Aber dann
mach ich die Wirtsfrau."

Luise war froh über diese geglückte
Entscheidung und wählte noch die Hirten
und Könige aus.

„So", fragte sie abschließend in die Runde.
„Sind jetzt alle zufrieden mit der
Rollenvergabe?" Sie machte kurz Pause.
Sofie schaute etwas verdrießlich, aber weder
sie noch einer der anderen erhob einen
Einwand. Also fuhr Luise fort: „Dann
müssen wir nun noch das Bühnenbild
besprechen. Den Anhänger von Meiers, auf
dem immer gespielt wurde, können wir in
diesem Jahr nicht nehmen. Meiers dachten,
dass er nicht gebraucht werden würde, und
haben ihn anderweitig verliehen."

„Auch das noch, und nun?" Marga verdrehte
die Augen. „Dann müssen wir bei den
anderen Bauern mal nachfragen.

Irgendjemand wird doch wohl im Winter noch einen großen Erntewagen haben, den er nicht braucht."

Und Therese fügte hinzu: „Jetzt, wo wir endlich genügend Mitspieler haben, darf es daran einfach nicht scheitern."

18. Dezember

Silke hatte sich die Entscheidung, die Kinder ihrer einstigen Freundin aus Frankfurt zu sich zu holen, sehr leicht gemacht. Henning allerdings fühlte sich dadurch wie vor den Kopf gestoßen.

Er war nach seinem letzten Arbeitstag gut gelaunt und voller Vorfreude auf den Urlaub nach Hause gekommen und hatte Silke dabei angetroffen, wie sie die Koffer, die seit ein paar Tagen geöffnet und teilweise bepackt im Schlafzimmer gestanden hatten, wieder zurück auf den Boden schaffte.

Mit vielen Worten hatte Silke ihm zu verstehen gegeben, dass sie nicht in den Urlaub fahren könne, ohne zu wissen, wo die Kinder bleiben würden.

Aber Henning kannte seine Silke. Seit mehr als zwanzig Jahren waren sie zusammen und sie konnte ihm nichts vormachen. Silke hatte das Wort „Kinder" im Zusammenhang mit dem Wort „Heim" und dann noch zu Weihnachten gehört und damit war es um sie geschehen. Sie hatte gar nicht anders handeln können. Das wusste er. Alles was er ihr vorwarf, war, dass er wieder einmal nicht gefragt worden war. Sie hatte entschieden, die Kinder aufzunehmen und ihn vor vollendete Tatsachen gestellt. Das war es, was sie immer tat. So hatte er damals in Kauf nehmen müssen, dass sie ihre Mutter zu sich ins Haus holte. Was sollte er auch dagegen haben können. Trotzdem hatte das plötzliche Zusammenleben mit seiner Schwiegermutter für viele Probleme gesorgt. Ihm wurde jetzt noch übel, wenn er daran dachte. Auf einmal war die traute Zweisamkeit zwischen seiner Frau und ihm vorbei. Wenn sie abends essen gingen, kam Silkes Mutter mit. Egal, ob ein Theater- oder Kinobesuch, immer war sie dabei. Wenn er von der Arbeit nach Hause kam, dann saß sie schon am Tisch. Wenn sich am Abend alle ins Wohnzimmer setzten, um fernzusehen, bestimmte sie das Programm. Es ging so weit, dass sie abends noch einmal bei Silke und ihm ins Schlafzimmer sah, um ihnen eine gute Nacht zu wünschen. All das hatte er mit einer stoischen Ruhe und viel Verständnis hingenommen. Aber an dem Tag, an dem sie verstarb, verspürte er trotz all der Trauer auch einen Anflug von Erleichterung.

Und nun das noch. Da hatte eine ehemalige Schulfreundin Silkes, zu der sie seit ewigen

Zeiten keinen Kontakt mehr gehabt hatte, einen Notruf an sie abgeschickt und Silke hatte nichts Eiligeres zu tun gehabt, als ihren gemeinsamen Urlaub zu canceln, um zwei Kinder, die sie nie zuvor gesehen hatte, zu sich zu holen.

Henning war verärgert. Dennoch war er am selben Abend mit seiner Frau nach Frankfurt gefahren, um die Kinder abzuholen.

Carola hatte nicht übertrieben. Der neunjährige Mika war ein netter und höflicher Junge, der Silke und Henning zögerlich begrüßte. Die siebenjährige Zoe war ein entzückendes kleines Mädchen mit blonden Locken, die sich weinend am Hals der Mutter festklammerte. Erst nach gutem Zureden und der Zusicherung, dass sie regelmäßig miteinander telefonieren würden, ließ Zoe von ihr ab. Es blieb keine Zeit für ein ausführliches Gespräch zwischen den alten Freundinnen. Carola hatte das Gepäck und die Weihnachtsgeschenke für die beiden an Silke übergeben, und ihr nochmals von Herzen für ihre Hilfe gedankt. Dann hatten sie die Rückfahrt angetreten.

Bis sie wieder in dem kleinen Dorf an der Aller angekommen waren, hatten sie fünf schweigsame Stunden in dem Auto verbracht.

Seitdem kam es Silke vor, als wenn die Tage kein Ende nahmen. Die Kinder langweilten sich zusehends und ihr fiel nichts ein, dass diesen Zustand beenden würde. Erfahrung im Umgang mit kleinen Jungen und Mädchen hatte sie nicht, also saßen Mika und Zoe jeden Tag stundenlang vor dem Fernseher.

„So geht das hier nicht weiter", sagte Silke eines Tages zu Henning. „Wir müssen uns was einfallen lassen. Die Kinder können doch nicht immer nur fernsehen."

„Ja ich weiß", sagte Henning. „Aber es war deine Entscheidung, sie zu uns zu holen. Also kümmere dich auch drum."

Er nahm seine Zeitung in die Hand und begann zu lesen. Das Thema war für ihn beendet.

Silke war traurig über seine Haltung. Still überlegte sie, was sie mit ihren kleinen Besuchern unternehmen konnte.

Was hatte sie selber als Kind gespielt?

Sie erinnerte sich an eine glückliche Kindheit. Ständig waren sie draußen. Sie hatten mit den Nachbarskindern gespielt, waren auf Bäumen geklettert, hatten Burgen gebaut oder hatten im Sommer einfach nur auf einer grünen Wiese gelegen und den Wolken zugeschaut. Im Winter waren sie Schlitten gefahren und hatten Schneeballschlachten geschlagen.

Das ist heute wegen des fehlenden Schnees nicht mehr möglich, befand Silke. *Aber wir haben auch immer mit Oma Kekse gebacken. Vielleicht sollten wir damit anfangen.*

Mika und Zoe waren begeistert über die Ablenkung, also gingen sie tatkräftig ans Werk. Am Abend hatten sie bereits so viele Kekse gebacken, dass sie sich Gedanken machten, wer die alle essen sollte.

Da fiel Silke die Lösung ein. Sie wusste, dass im Dorfgemeinschaftshaus wieder ein Übungsabend der Krippenspieler stattfinden sollte, also packten sie alle Kekse in Dosen und brachten sie den Akteuren.

„Nervennahrung für alle", sagte Silke bei der Übergabe.

Damit hatte sie voll ins Schwarze getroffen.

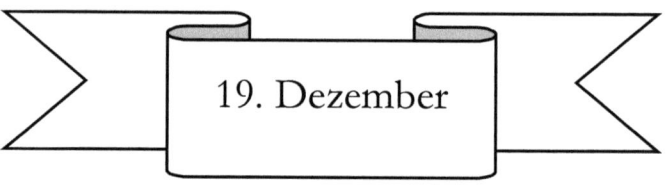

19. Dezember

Lautes Geschrei tönte durch die Straße. Plötzlich schlug eine Tür zu. Dann war Stille, bevor es wieder von vorn begann.

Mittlerweile hatten sich einige Nachbarn vor dem Zaun von Elfriede und Karls Haus versammelt. Hierher, da waren sich alle einig, kamen die Schreie. Immer und immer wieder brüllten Elfriede und Karl abwechselnd. Es hörte sich an, als würden sie sich streiten und mit den Türen knallen. Jedoch konnte man draußen nicht verstehen, worum es ging. Und irgendetwas war komisch daran.

Mika, Zoe und Silke versuchten, ebenso wie die übrigen Zaungäste zu ergründen, was es damit auf sich hatte. Schreien, schreien, Tür knallen - Stille, schreien, schreien, Tür knallen – Stille und so fort. Immer in dem gleichen Rhythmus. Mika klatschte mit den Händen auf seine Oberschenkel, so als würde er trommelnd ein Lied begleiten. Adrian, der das beobachtet hatte, grinste und machte mit. Die Übrigen stimmten nach und nach mit ein und es hörte sich an wie der Refrain von „We will rock you" von Queen.

Eine Zeitlang hatten alle ihren Spaß daran, doch irgendwann wurde es Marga zu bunt.

Sie schritt geradewegs auf die Haustür der beiden, offensichtlich Streitenden zu und riss sie auf. Elfriede und Karl standen mit mehreren Zetteln in der Hand auf dem Flur und blickten verblüfft auf Marga und den dahinter auftauchenden Dorfbewohnern.

„Was wollt ihr denn alle hier?" Karl sah überrascht auf die versammelte Meute.

„Ja was glaubst du denn?" Marga hatte die Arme auf ihre ausladenden Hüften gestemmt und blickte Karl ärgerlich an, als wolle sie ihm ins Gesicht springen. „Wir haben uns Gedanken gemacht. Wieso brüllt ihr hier so rum, dass man euch bis auf die Straße hören kann? Schallgedämpfte Fenster und Türen habt ihr nicht. Wir dachten Wunder, was bei euch los ist."

„Was soll denn los sein?" Elfriede runzelte die Stirn. Sie verstand die Aufregung nicht.

„Was macht ihr denn hier?" Jetzt wo sie beruhigt sah, dass Karl und Elfriede sich nicht die Köpfe einschlugen, wurde Marga neugierig und wollte es genau wissen.

„Na, was sollen wir machen? Wir üben unseren Text für das Krippenspiel. Es sind ja nur noch ein paar Tage bis dahin", antwortete Elfriede.

„Aber warum schreit ihr euch denn dabei so an?"

„Siehste", sagte Karl zu seiner Elfriede. „Ich sage dir immer, du sollst auch im Haus deine Hörgeräte reinmachen. Wenn du einmal auf mich hören würdest, dann bräuchte ich auch nicht so zu schreien."

„Ich brauch doch keine Hörgeräte, wenn wir allein sind", entgegnete Elfriede. „Du kannst doch vernünftig mit mir sprechen, dann verstehe ich dich auch ohne diese Dinger."

„Und irgendwann rufen die Nachbarn dann wegen Ruhestörung die Polizei", widersprach ihr Mann. „Unbelehrbar", sagte er leise zu Marga.

„Was hast du gesagt?" Elfriede sah Karl fragend an.

„Ach nichts!" Resigniert winkte er ab. „Wir müssen noch ein wenig üben", sagte er laut.

„Ja, das müssen wir. Du kannst dir ja nicht mal die drei Sätze merken, die du zu sagen hast: Was wollen die? Ein Bett in meiner Herberge? Die können mit ihrem Esel da oben im Stall schlafen."

„Sag ich doch die ganze Zeit: Die können mit dem Stall dort oben beim Esel schlafen. In mein Haus kommen die nicht. Und dann schlag ich ihnen die Tür vor der Nase zu." Karl sah verwundert, dass alle Zuschauer lauthals zu jauchzen begannen.

„Ich glaube, ihr solltet wirklich noch ein wenig üben", stellte Marga lachend fest. „Am besten wir lassen euch dabei allein. Wir sehen uns dann später bei der Probe."

Im Gehen klopfte sie Elfriede leicht auf die Schulter und sagte: „Lass dich nicht unterkriegen. Aber vergiss nachher nicht dein Hörrohr. Sonst sind wir Weihnachten alle heiser."

„Was ist denn jetzt eigentlich mit dem Esel", rief Elfriede ihr fragend nach.

„Ich frage mal Bauer Stolle - so als Jungfrau Maria", ließ Marga verlauten. „Mit seinem alten Esel könnte es klappen. Der hat keine Lust mehr, zu bocken. Vielleicht leiht er ihn mir ja. Aber darauf reiten werde ich nicht."

„Von uns könnten wir noch eine Kuh in den Stall stellen, nicht Karl?" Elfriede sah Karl fragend an. „Die Berta. Mit der kann man alles machen. Sogar drauf reiten."

„Meine Berta? Kommt gar nicht infrage. Reicht es nicht, dass wir beide da mitmachen? Müssen wir unsere Kuh auch noch mitschleppen? Nein, nein. Die bleibt im Stall, und zwar in ihrem eigenen."

Beschwichtigend hatte Elfriede Karl die Hand auf den Arm gelegt. Zu Marga sagte sie: „Ein Esel reicht doch, oder?" Elfriede hatte die Zweideutigkeit in ihrem Satz nicht bemerkt. Alle übrigen drehten sich prustend oder verlegen hüstelnd weg und verließen das Gehöft.

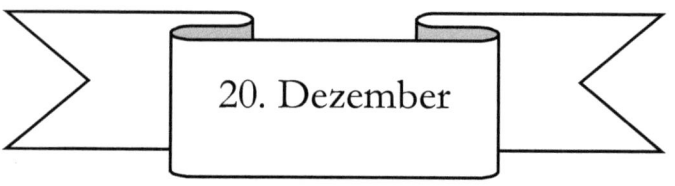

20. Dezember

„Weißt du, was du machen kannst? Du kannst heute mit zur Probe kommen. Wir brauchen noch jemanden der uns hilft, die Kulissen zu bauen", hatte seine Mutter zu Sebastian gesagt. Die Art, wie sie das gesagt hatte, ließ keinen Zweifel daran, dass es keine Bitte, sondern eine Aufforderung war.

Therese war es leid, ihren Sohn auf dem Sofa herumlungern zu sehen. In den Tagen, seitdem er zu Besuch bei ihnen war, hatte er nichts aber auch gar nichts geschafft. Weder war er einkaufen gefahren noch hatte er sich irgendwie anders im Haushalt nützlich gemacht. Im Gegenteil: Er hatte sich von Kristina bedienen lassen, als ob sie seine Hausangestellte war. Das allerdings hatte Steffen schnell unterbunden. Trotzdem war es für Sebastian selbstverständlich, sich mit an den Tisch zu setzen wenn es Essen gab, oder auch die letzte Tasse Kaffee aus der Kanne zu nehmen, ohne wieder neuen zu kochen.

Auf die Frage, wie lange er denn noch bleiben wolle, hatte er sich mehrfach gewunden. „Mensch Mama, mach doch keinen Stress. Chill doch mal."

Chill doch mal? Therese glaubte, nicht richtig gehört zu haben. „Das kann doch wohl nicht wahr sein", entrüstete sie sich. „Du liegst hier den halben Tag im Bett. Abends bist du unterwegs und kommst erst gegen morgen wieder zurück. Zwischendurch bedienst du dich nach Lust und Laune an unserem Kühlschrank. Und wenn ich frage, wie lange deine Beziehungspause mit Lilly noch andauern soll, dann sagst du: Chill mal? Wenn du das bei dir zu Hause genauso machst wie hier, dann ist es kein Wunder, dass Lilly erst einmal eine Pause braucht. Lässt du sie mit der Erziehung eures Jungen auch allein? Wundern täte es mich nicht. Du hast zwei gesunde Hände und könntest wenigstens deinem Vater und Kristina helfen."

Alle Mahnungen liefen ins Leere. Schließlich wurde es Sebastians Eltern zu bunt und sie setzten ihm ein Ultimatum. Bis Weihnachten sollte er sich äußern, wie es für ihn weitergehen würde.

Aber nun sollte er mit zu den Übungsabenden der Laienspieler kommen, um die Aufbauten zu begleiten. Tatsächlich hatten sie keinen Erntewagen mehr gefunden, auf dem sie ihre Bühne hätten aufstellen können. So blieb ihnen nur die Möglichkeit auf dem Betonboden aufzutreten. Für die Wände hatte Mark alte Türen aus einem Abrisshaus besorgt, die sie miteinander fixierten und dann als Rückwand je nach Kulisse bemalten. Eine Wand stellte das Wirtshaus dar, eine zweite Wand bildete die Rückseite für den Stall und eine dritte Wand sollte den dunklen Himmel mit Sternen zeigen, vor dem die Hirten dem Engel begegneten.

Nachdem Sebastian sich unbeholfen und ungeschickt bei deren Aufbau anstellte, bekam er einen Pinsel in die Hand gedrückt, damit er mit schwarzer Farbe den Nachthimmel malen konnte.

Luise hatte alles an Requisiten herangeschafft, was ihr Haus entbehren konnte: Kronen für die Heiligen Drei Könige und deren Präsente und, als wichtigstes Utensil: die Puppe ihrer Tochter. Karl stellte das Stroh für den Stall zur Verfügung und hatte eine Schürze dabei, auf der zu lesen war: *Hier kocht der Chef noch selbst*. Elfriede hatte die Umhänge, alte Hüte und Gehstöcke für die Hirten besorgt.

Ute, die den Engel spielen sollte, sah suchend die mitgebrachten Kleidungsstücke durch. „Und was soll ich anziehen? Für mich ist ja gar nichts dabei."

„Nun ja", antwortete Elfriede. „Alles habe ich ja auch nicht. Hast du nicht noch ein altes, weißes Nachthemd, das du überziehen kannst?"

„Ich gehe doch nicht im Nachthemd auf die Bühne", antwortete Ute entrüstet, „außerdem besitze ich so etwas nicht."

„Ich hab´ eins", rief Sofie.

„Kannst du das mitbringen, damit Ute es anziehen kann?" Luise blickte Sofie fragend an.

Ein zögerliches „Joa", kam von ihr als Antwort.

„Soll ich das noch einmal wiederholen: Ich gehe nicht im Nachthemd auf die Bühne! Da mach ich mich ja lächerlich."

Luise ignorierte Utes Einwand. „Und die Flügel? Woher bekommt sie denn die Flügel?"

„Die könnten wir selber basteln", mischte sich Therese ein. „Das kann ich machen. Dazu brauche ich nur zwei Kleiderbügel aus der Reinigung. Diese aus Draht, wisst ihr? Die überziehe ich dann mit weißen Perlonstrümpfen. Das geht schon. Ist nicht perfekt, aber das geht schon."

Ute schnappte hörbar nach Luft. „Aber das sollte schon ordentlich aussehen."

Karl, dem diese Diskussion schon viel zu lange dauerte, weil er endlich zu üben anfangen wollte, sagte: „Ich könnt ja unseren Hühnern die Federn ausrupfen, dann sieht es echt aus."

Während alle anderen sich darüber amüsierten, sah Ute ihn vorwurfsvoll an und schimpfte, dass er so etwas doch wohl nicht tun würde. „Die armen Hühner."

„Fertig", unterbrach Sebastians Stimme das zwischen Ute und Karl beginnende Streitgespräch. Die Anwesenden drehten sich zu ihm um und begannen bei seinem Anblick an zu johlen. Gleichzeitig verdrehte Therese verdrehte die Augen und stellte mal wieder fest: „Typisch."

Sebastian hatte nicht nur die Wand schwarz gestrichen, sondern war selber auch von oben bis unten mit Farbe bekleckert.

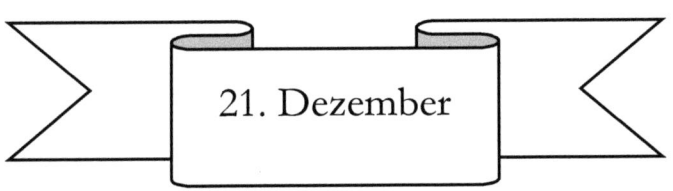

21. Dezember

Im Feuerwehrhaus war großes Reinemachen angesagt. Alle wuselten herum, um das Haus in Ordnung zu bringen, schließlich war heute der letzte Übungsabend in diesem Jahr gewesen. Die Fahrzeuge der Freiwilligen Feuerwehr glänzten bereits.

Kurt kroch mit einem Handfeger unter den Sitzbänken herum. „Meine Güte, hier sind so viele Spinnenweben, man könnte meinen, dass seit Jahren nicht mehr geputzt wurde."

Henning stand in der Küche und schrubbte am Fliesenspiegel herum. „Diesen Dreck hier kriegt man gar nicht runter", rief er erbost und schleuderte den Putzschwamm wütend in den mit Wasser gefüllten Wischeimer.

„Dann nimmst du ein wenig Scheuerseife, das macht Therese auch immer so", belehrte ihn Steffen. „Wieso wirst du denn gleich so sauer?"

„Ach, ich könnte jetzt schön auf Mallorca in der Sonne liegen, stattdessen putze ich hier die Küche."

„Wie geht ´s denn mit euren beiden Zugeflogenen? Muss doch sehr ungewohnt für euch sein, dass ihr plötzlich Kinder im Haus habt."

„Das kannst du glauben." Henning schüttelte seinen Kopf. „Plötzlich stolpert man über herumstehende Schuhe, überall liegen Jacken im Weg und wenn ich mal was im Fernsehen sehen will, dann heißt es immer: Das ist doch nichts für die Kinder oder >die Kinder möchten aber was anderes gucken<. Gott sei Dank sind die selten da. Die meiste Zeit verbringt Silke damit, mit Ihnen irgendwohin zu fahren. Da gehen sie mir nicht auf die Nerven. Heute sind sie im Hallenbad in Celle."

„Aber Henning, Kinder sind doch eine Bereicherung. Du sollst mal sehen, wenn die wieder zu ihrer Mutter nach Hause fahren, dann wirst du sie vermissen."

„Das glaubst du doch wohl selber nicht. Ich zähle schon die Tage, bis Carola sie wieder abholt. Wenn ich Kinder hätte haben wollen, dann hätten wir welche. Wollte ich aber nicht und Silke eigentlich auch nicht, da waren wir uns immer einig."

„Ich hoffe, dass du die Kinder deine Ablehnung nicht spüren lässt."

„Wieso? Die sollen wissen, wo der Hammer hängt. Nicht, dass sie noch auf dumme Gedanken kommen. Mein Vater hat immer gesagt: Morgens gleich welche hinter die Ohren, das hat noch keinen geschadet und du hast für den ganzen Tag Ruhe."

„Du wirst die Kinder doch wohl nicht schlagen." Steffen schnappte ungläubig nach Luft.

„Natürlich nicht. Was denkst du denn von mir. Gab bislang ja auch keinen Grund dazu, aber man weiß ja nie. Irgendwann ist immer mal das erste Mal."

Sofie kam zur Tür herein und wischte sich müde über die Stirn. „So Leute, ich muss jetzt los. Wir haben heute noch Probe und wenn ich zu spät komme, dann gibt es wieder Ärger. Was bin ich froh, wenn das alles ein Ende hat."

„Wen spielst du eigentlich", fragte Steffen.

„Ich spiele den König Balthasar. Deshalb muss ich auch vorher noch nach Haus.

Heute ist das erste Mal Kostümprobe und meine Mutter hat mir einen roten Umhang genäht. Den muss ich vorher noch abholen. Und dann nehme ich gleich unseren Weihnachtsbaum mit nach Haus. Der steht auch schon geschlagen bei Hübners auf dem Hof."

„Weihnachtsbaum!?" Henning packte sich mit der Hand an die Stirn. „Den hab` ich ganz vergessen. Wo krieg ich denn jetzt noch einen her?"

„Von Hübners jedenfalls nicht", erwiderte Sofie. „Der Letzte war für mich reserviert. Und das ist schon eine Krücke."

In dem Moment ging die Tür auf und zwei glückliche Kinder stürmten herein. Silke folgte ihnen mit einem breiten Lächeln im Gesicht. Mika sprang dem vor ihm knienden Henning auf den Rücken, sodass der vorn überkippte und mit dem Gesicht fast in seinem Putzeimer landete.

Zoe jauchzte vor Freude und rief aufgeregt: „Onkel Henning, Onkel Henning gehst du mit uns morgen auf den Weihnachtsmarkt. Da gibt es ein Karussell und Pferde mit einer

Kutsche und Mandeln und Zuckerwatte, bitte, bitte, bitte." Flehte sie den am Boden sitzenden Henning an.

Diese strahlenden Augen können Steine erweichen, dachte Henning. „Vielleicht. Wenn ich dafür heute Abend meine Ruhe habe", brummte er und erhob sich vom Boden.

„Oh ja, oh ja", riefen die beiden erfreut und tanzten wild um ihn herum, sodass er fast wieder umgefallen wäre.

Während dieser Diskussion hatte Sofie Silke beobachtet und festgestellt, dass sie, im Gegensatz zu ihrem mürrischen Mann, glücklich und zufrieden aussah.

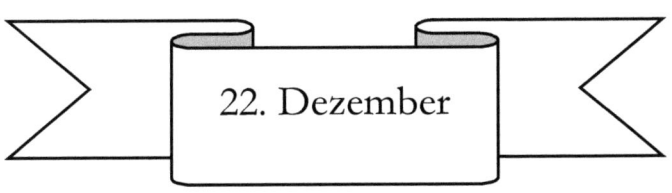

22. Dezember

„Das ist ja fast wie in einer Wohngemeinschaft", bemerkte Karl als er den Hof von Wieckenbergs betrat. „Ich habe den Eindruck, als wären wir nie weg gewesen. So oft wie wir uns hier treffen, haben wir uns das ganze Jahr über nicht gesehen."

Vermutlich hatte er damit recht. Zurzeit übte die Gruppe jeden Tag und trotzdem war nichts fertig. Die wenigsten konnten ihren Text und einen Wagen, auf dem sie spielen konnten, hatten sie immer noch nicht.

„Wieso brauchen wir eigentlich einen Wagen", fragte Adrian. „Eigentlich können wir uns doch auch so hier auf das Gepflasterte stellen. Groß genug sind wir doch alle."

„Aber die Zuschauer nicht", antwortete Therese, die sich mittlerweile auf ihren Krücken ganz gut halten konnte. „Die verfolgen das Krippenspiel doch alle stehend und es wäre schade, wenn euch nicht alle sehen können, nur weil die größten unter ihnen sich nach vorne drängeln."

„Aber was haltet ihr denn davon, wenn ich von der Arbeit Paletten mitbringe", fragte Mark, der in einem Baugeschäft angestellt war.

„Mmmh?!" Luise dachte über den Vorschlag nach und besah sich den Platz, der als Bühne dienen sollte. „Wären die denn alle gleich groß? Wir müssten einige Paletten aufeinanderstapeln. Und wenn die nicht alle gleich sind, dann wäre das eine sehr wacklige Angelegenheit."

Mark bezweifelte ebenfalls, dass das eine gute Idee sei.

„Och nee", jammerte Elfriede, „das kann doch jetzt nicht wahr sein, dass alles an so etwas scheitert."

„Was haltet ihr denn davon: Wir setzen nicht die Bühne hoch, sondern die Zuschauer!" Luise blickte gedankenverloren auf die Stelle des Hofes, von der aus die Besucher dem Schauspiel folgen sollten.

„Wie meinst du das denn?" Die anderen warteten auf eine Erklärung.

„Wir können die Paletten doch im Hof aufbauen. Wenn wir nur die ersten vier Reihen damit bestücken und darauf Strohballen verteilen, dann können viele sitzen. Wir bräuchten noch Bänke. Und die könnten wir aus dem alten Feuerwehrhaus bekommen."

Als hätten sie auf das Stichwort gewartet, ertönten plötzlich die Sirenen. Die Männer und Sofie ließen alles stehen und liegen, schwangen sich auf ihr Rad oder sprangen in ihre Autos und fuhren in Richtung Feuerwehrhaus.

Elfriede schlug sich erschrocken die Hände vors Gesicht. „Oh nein, was ist das schon wieder?"

„Wenn wir hier herumstehen, werden wir es nicht erfahren, also los. Schauen wir mal, wo sie hinfahren. Vielleicht können wir irgendwas helfen." Luise, Ute und Marga setzten sich auf ihr Rad und fuhren los. Elfriede und Petra liefen ihnen hinterher.

Therese sah ihnen hilflos hinterher. Sie wollte sich schon auf den einzigen Stuhl, den es gab, setzen, als Paula Wieckenberg sie zu sich her winkte. „Komm Therese, da können wir nicht helfen, und ich befürchte die anderen auch nicht, die werden gleich wieder hier sein."

„Wieso", fragte Therese, „weißt du, was passiert ist?"

„Mein Martin hat noch einen alten Pieper der Feuerwehr, der sich meldet, wenn, wo und was passiert ist. Bei Helms sind zwei Kinder beim Spielen in der Scheune zwischen die Heuballen gerutscht."

„Um Himmels Willen. Hoffentlich geht das gut."

„Aber da wollen wir doch mal von ausgehen." Der Optimismus von Paula war ansteckend, gleichzeitig lenkte sie Thereses Gedanken auf das Thema „Krippenspiel". „Wie kommt ihr denn voran", fragte sie.

„Puh", stöhnte Therese. „Schleppend."

Sie berichtete Paula, dass gerade als die Sirenen sie unterbrachen, darüber beratschlagt wurde, ob sie, mangels Erntewagen, eine Art Tribüne für die Zuschauer aufbauen würden. Dann könnte jeder von seinem Platz aus gut sehen. Mark würde dazu Paletten mitbringen und die Bänke könnten sie aus dem Feuerwehrhaus holen.

„Aber", entgegnete Paula. „Ihr könnt doch als Sitzplätze unsere Strohballen nehmen. Das ist auch viel gemütlicher als diese ollen Holzbänke. – Finde ich jedenfalls", schob sie stockend hinterher. „Nur – das alles würde viel. Platz fordern. So groß ist der Hof ja auch nicht."

Paula kam eine weitere Idee. „Was hältst du davon, wenn das Krippenspiel nicht vor der Scheune aufgeführt wird, sondern darin. Wir könnten das Scheunentor doch wie einen Vorhang öffnen.

„Das ist ja eine tolle Idee." Therese war erleichtert. „Aber habt ihr drinnen so viel Platz?"

„Wenn wir die Strohballen alle herausgeholt haben, um damit die Sitzflächen zu bestücken, ist da genügend Fläche. Und der Rest wäre doch gut als Hintergrund für das Stück. Ziemlich authentisch würde ich sagen.

Stall – Stroh – da fehlen nur noch Ochs und Esel."

„Hör mir bloß auf, von einem Esel zu reden. Das Thema hatten wir schon mal", lachte Therese.

In diesem Moment kamen die anderen zurück.

Alles war noch einmal gut gegangen. Es waren Mika und Zoe gewesen, die aus Langeweile die Gegend erkundet und dabei die Scheune mit dem Heu gefunden hatten. Beim Springen und Klettern über die Heuballen war Zoe dazwischengeraten und Mika, der ihr zur Hilfe kommen wollte, war ebenfalls stecken geblieben. Durch den Versuch, sich durch Strampeln zu befreien, waren sie immer tiefer hineingerutscht. Zum Glück hatte Frau Helms ihre Schreie gehört.

Aber auch sie konnte den beiden nicht helfen.

Silke konnte nur dabei zusehen, wie Henning mit seinen Feuerwehrkameraden vorsichtig nach und nach die Ballen aus der Scheune brachte, damit sie nicht auf die zwei Kinder herunterstürzten. Es dauerte etwas, aber schlussendlich standen die zwei wieder unversehrt auf dem Boden.

Glücklich nahm Silke die weinende Zoe in die Arme. Henning griff sich Mika. Einen kurzen Moment sah er ihn grimmig an. Dann schloss auch er ihn in seine Arme. „Das macht ihr ja wohl nie wieder", flüsterte er ihm zärtlich ins Ohr.

„Neeiin", schluchzte auch er. „Nie wieder."

Die Umherstehenden wischten sich vor Rührung und Erleichterung über das gute Ende dieses kleinen Dramas ebenfalls eine Träne aus dem Gesicht und traten ihren Heimweg an.

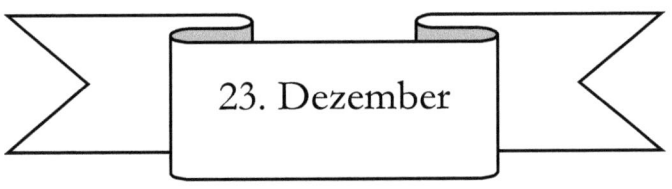

23. Dezember

Der eine geht, der andere kommt, dachte Therese als Steffen wieder einmal Koffer ins Haus trug.

Am Tag zuvor war Benjamin, ihr zweiter Sohn, mit seiner Familie angereist, um die Weihnachtsfeiertage bei ihnen zu verbringen. Nachdem er mit seinem Bruder Sebastian unter vier Augen gesprochen hatte, war dieser wutentbrannt in sein Zimmer gestürmt, hatte seine Koffer gepackt und war abgereist. Wohin? Das wusste niemand genau. Benjamin hatte gemeint, dass er, Sebastian, die Wahrheit nicht vertragen könne, nämlich, dass er ein egoistischer Kerl sei und dass er froh sein durfte, dass Lilly es so lange mit ihm ausgehalten hatte.

Trotzdem sie der gleichen Ansicht wie Benjamin war, machte Therese sich Sorgen um Sebastian. Würde das denn nie aufhören?

Wie alt müssten die Kinder noch werden, bis Therese sich endlich zurücklehnen konnte, um beruhigt und gelassen den Enkelkindern beim Wachsen zuzusehen.

Jetzt stand Therese wieder einmal an der Haustür, um jemanden in Empfang zu nehmen. Merle kam mit langsamen Schritten vorsichtig auf sie zu und umarmte sie herzlich.

„Danke, Therese! Danke, dass ich die Feiertage bei euch verbringen darf." Sie sah Therese glücklich an. „Ich werde mich bemühen, euch nicht allzu sehr zur Last zu fallen."

„Ich weiß", erwiderte Therese freundlich, „mach dir keine Sorgen. Wir kommen hier schon klar. Dieses Haus ist Trubel gewohnt."

Dennoch, seitdem Steffen Weihnachtsurlaub hatte, war Kristina nicht mehr bei ihr, um ihr zu Hand zu gehen, und so war das ein oder andere liegen geblieben, das Therese gern noch vor Weihnachten erledigt hätte.

Am Nachmittag begleitete Merle ihre Gastgeberin zu den Proben. Es war kalt geworden. Ein eisiger Wind pfiff durch die Straßen und sie zogen ihre Kragen enger zusammen.

„Du glaubst gar nicht, wie dankbar ich dir bin, dass ihr mich bei euch wohnen lasst", sagte Merle zu Therese. „Das Gespräch mit meinen Eltern war sehr anstrengend gewesen. Meine Mutter wollte einfach nicht verstehen, dass ich mein Leben anders führen möchte als sie. Und dass ich mir da auch nichts einreden lassen will. Die Fehler, die ich mache, das sind meine Fehler und ich bin auch bereit, alleine für sie gerade zu stehen. Es würde nur guttun, wenn ich mit meinen Eltern darüber sprechen könnte, ohne mir gleich wieder Vorwürfe anhören zu müssen."

Therese nickte und schwieg.

„Was ist", fragte Merle, „siehst du das anders."

„Einmal Mutter – immer Mutter." Therese dachte an Sebastian. Dann sagte sie: „Es stimmt, du musst dein Leben leben wie es dir gefällt und du es für richtig hältst. Eltern meinen es nur gut, wenn sie ihren Kindern das „Fehler machen" ersparen wollen. Mein Vater hat immer gesagt: Die billigste Art erwachsen zu werden, ist die, aus den Fehlern der anderen zu lernen. Aber leider wird man oft nur durch die eigenen Fehler klug."

„Aber es gibt doch immer einen, der so etwas schon einmal erlebt hat und dazu rät, es anders zu machen. Wem kann man da trauen?"

„Letzten Endes muss man Entscheidungen doch immer selber treffen", seufzte Therese. „Und dann muss man mit dieser Entscheidung zurechtkommen, egal ob sie sich später als falsch oder richtig entpuppt."

Mittlerweile waren sie auf Wieckenbergs Hof angekommen. Die Tribüne für die Zuschauer war mit Paletten und Strohballen aufgebaut. Das Stroh hatte man mit Planen bedeckt, damit es bis zur Aufführung nicht feucht werde konnte.

Alle Akteure waren dick in ihren Mänteln eingepackt.

„Wie soll denn morgen das Wetter werden", fragte einer.

„Kalt aber trocken", antwortete Luise. „Ich hoffe nur, dass der Wind nicht stärker wird, sonst werden wohl nicht viele zum Zugucken kommen. Lasst uns in die Scheune gehen. Da zieht es nicht so und das Tor könnten wir noch geschlossen halten. - Was ist mit dir?"

Die angesprochene Ute schniefte und wischte sich ständig mit dem Taschentuch ihre rote Nase. „Bin erkältet. Aber es wird schon gehen", antwortete sie.

„Na dann, los", Luise zeigte mit dem Finger auf Therese und winkte sie hinter die Kulissen. „Generalprobe. Therese, wenn du soufflierst, dann bitte gerade laut genug für den Spieler. Nicht so laut, dass die Zuschauer mithören können! Aufstellung! Adrian, du fängst an!"

Adrian setzte an mit den Worten: „Es begab sich also zu der Zeit…", da wurde es laut vor dem Tor. Der Hufschlag eines Tieres war zu vernehmen und eine aufgeregte Stimme rief: „He, wo seid ihr?"

Mark, der am dichtesten zu der Tür stand, öffnete und sah sich Bauer Stolle gegenüber, der versuchte mittels einer kurzen Leine seinen widerspenstigen Esel Albert festzuhalten.

„Ich dachte, wenn ihr den Esel noch braucht, dann will ich mal nicht so sein."

Immer noch wehrte sich der Angeleinte und trat mit seinen Hufen wild um sich.

Die tierliebe Elfriede, ging zu ihm, streichelte ihn und flüsterte ihm ins Ohr. Kurz darauf hörte der Esel auf, an seinem Strick zu zerren.

„Wir können es ja mal mit ihm versuchen", meinte Luise skeptisch.

Die Generalprobe verlief ohne große weitere Zwischenfälle. Alle hatten ihren Text auswendig gelernt, sodass Therese kaum eingreifen musste.

Merle, die das ganze Spektakel verfolgt hatte, bewunderte die Spieler. Sie applaudierte begeistert und gratulierte den Akteuren zu ihrem Mut. Sie selber, sagte sie ihnen, hätte es sich niemals getraut, öffentlich aufzutreten.

Jetzt wurde es allen bewusst. Bislang war es nur ein Spaß, aber morgen war der Zeitpunkt gekommen, an dem es ernst werden würde. Der Tag, an dem sie vor einer großen Menschenmenge ein Krippenspiel aufführen würden. Ein flaues Gefühl in der Magengegend überfiel jeden von ihnen, den einen mehr als den anderen. Was war der Grund dafür?

Bekamen sie alle die Magen-Darmkrankheit?

Nein, das war es nicht. Es war etwas, was sie alle bislang nicht gekannt hatten, und das nennt sich:

Lampenfieber!

24. Dezember

Nun war er da. Der Heilige Abend! Der Tag, auf den sich alle Kinder freuen und vor dem sich viele Erwachsene grausen, weil er für sie dort viel Arbeit bedeutet, wo sie sonst Ruhe und Erholung finden – in ihrem Zuhause.

Und trotzdem erledigen sie diese Arbeit gern, wohlwissend, dass sie ihren Angehörigen damit eine Freude machen. So wird in den meisten Häusern der Vormittag damit verbracht, zu kochen, zu putzen und den Baum zu schmücken, damit alle Vorbereitungen für einen schönen Abend getroffen sind.

Ein paar wenige Menschen laufen an diesem Morgen durch die Geschäfte, um Geschenke für ihre Lieben zu besorgen. Auch das gehört für sie zu dem alljährlichen Ritual dazu.

In dem kleinen Ort Nienhof war der Ablauf in diesem Jahr für einige Menschen anders, als sie es bisher gewohnt waren.

Silke und Henning erfüllten Mika und Zoe den Wunsch und besuchten mit den Kindern den Weihnachtsmarkt in Celle. Dort ließen sie die beiden so lange Karussell fahren, bis sie keine Lust mehr hatten. Danach gab es noch Waffeln und heiße Schokolade.

Die Gasteltern taten alles, damit ihre kleinen Besucher ein schönes Fest haben würden, obwohl sie es getrennt von ihrer Mutter verbringen mussten.

Luise erhielt früh morgens einen Anruf von Ute. Hustend und schniefend teilte sie ihr mit, dass sie mit Grippe im Bett läge und deshalb nicht den Engel spielen könne.

Luise war frustriert: Ein Krippenspiel ohne Engel? Das geht doch gar nicht! Ihr musste etwas einfallen.

Therese hatte, nachdem Clara angereist war, ihrer Familie Zettel ausgehändigt, auf denen stand, was noch alles zu tun sei. Zwar hatten sie sie alle etwas irritiert angesehen, aber dann hatte Steffen gesagt: Es wäre ja wohl das Mindeste das jeder mit anpacken würde. Schließlich könne man ja sehen, dass das Hotel Therese geschlossen hatte. Also begann jeder für sich, seinen Arbeitsauftrag abzuarbeiten, bevor es zur Kirche ging. Clara war in diesem Jahr mit einem Freund angereist, der sich auf Anhieb mit ihren Eltern und Geschwistern verstand.

Vielleicht wird es dieses Mal länger halten, als nur bis zum nächsten Fest, dachte Therese.

Sebastian hatte sich nicht gemeldet. Aber auch hier war Therese, sehr zuversichtlich, dass er sich bald wieder beruhigen würde. Wie hatte ihr Vater immer gesagt: Die wissen doch, dass man sich auf die Familie immer verlassen kann.

Elfriede und Karl hatten den Morgen damit verbracht, ihren Text zu üben. Eigentlich hatte ja nur Karl geübt, denn als Wirtin sollte Elfriede nur die Tür öffnen und dann Karl, also den Wirt rufen. Aber Karl war so aufgeregt, weil er sich vor dem Publikum keine Blöße geben wollte und übte immer wieder die Sätze: Was wollen die? Ein Bett in meiner Herberge? Die können mit ihrem Esel da oben im Stall schlafen. Dann sollte er Josef und Maria die Tür vor der Nase zuschlagen.

Weil es Elfriede langsam zu dumm wurde, stundenlang den Stichwortgeber für ihren Mann zu machen, versuchte sie ihn abzulenken, indem sie ihn zu den Hühnern schickte. Kurz darauf kam er zurück und meinte, er hätte eine Idee und Elfriede solle ihm helfen die fünf Hühner einzufangen.

Marga hatte, so wie sie es ihrer Familie angedroht hatte, keinen Finger gerührt und war zur Aufführung gegangen, ohne irgendetwas vorbereitet zu haben. Ihrem Mann hatte sie vorher gezeigt, wo der Kühlschrank steht und wie er den Herd bedienen musste. Ihren Kindern erklärte sie die Benutzung von Staubsauger und Wischlappen, und bereute, dass sie das nicht schon viel früher getan hatte. Dann verabschiedete sie sich mit den Worten: „Wir sehen uns später beim Krippenspiel. Ich hoffe, dass ihr sauber und gekämmt dort erscheint." Dann verließ sie das Haus in Richtung Wieckenbergs.

Nachdem Luise bei Sofie angerufen hatte, um ihr mitzuteilen, dass sie den Engel spielen solle, tänzelte das Prinzesschen glücklich und beschwingt wie auf Wolken durch das Haus. Die Eltern wunderten sich über die plötzliche Grazie ihres Kindes.

Und dann war er da: Der große Moment oder „Showdown" wie Adrian sagte. Aufgeregt standen alle Akteure pünktlich auf der Bühne in der großen Scheune bei Wieckenbergs. Alle hatten sich noch einmal auf die Schulter geklopft und viel Glück gewünscht. Sofie thronte in ihrem Engelskostüm mit großen weißen Flügeln auf einem Balken und strahlte. Der Esel von Bauer Stolle lag entspannt neben dem Stall. Karls Hühner pickten auf dem Asphalt ihre Körner. In der Scheune war es Mucksmäuschen still. Von draußen hörte man die Kirchenglocken. Die Gottesdienstbesucher hatten den Hof erreicht. Dann wurde das Tor beiseitegeschoben und es begann:

Weihnachten!

Autorenporträt

Ilena Grote wurde im niedersächsischen Celle geboren. Heute lebt sie gemeinsam mit ihrem Mann in Langlingen, einem Dorf in der Lüneburger Heide.

Das Buch „Die AllerFrauen" mit dem Untertitel „Krippenspiel mit Esel" ist ihr viertes Buch. Auch in diesem schreibt sie liebevoll über das Dorfleben und den nicht ganz fehlerfreien Dorfbewohnern. Allerdings sind die Handlung und alle handelnden Personen frei erfunden. Jegliche Ähnlichkeit mit lebenden oder realen Personen wäre rein zufällig.